SOUS UN CIEL BLEU

POÉSIES

DE

Henry DRAPIER

L'homme est un apprenti, la douleur est son maître,
Et nul ne se connaît tant qu'il n'a pas souffert.

ALFRED DE MUSSET.

ORAN

IMPRIMERIE DE L'ASSOCIATION OUVRIÈRE

HEINTZ, CHAZEAU & Cie

16, boulevard Malakoff, 16

1880

SOUS

UN CIEL BLEU

POÉSIES DE HENRY DRAPIER

L'amour n'est sincère que lorsqu'il est désintéressé;
il puise sa vigueur dans les obstacles mêmes qu'il rencontre, et ne devient fortement établi, enraciné, qu'après
une longue série d'épreuves.

Un homme sans amour est un animal doué de beaucoup d'instinct, mais c'est tout.

L'âme, comme le corps, éprouve des sensations, il
lui faut ses plaisirs et ses souffrances.

Les émotions de l'amour, sous ses différentes formes,
sont donc nécessaires pour entretenir cette force imma-
térielle qui nous permet de penser.

Henry Drapier.

SOUS

UN CIEL BLEU

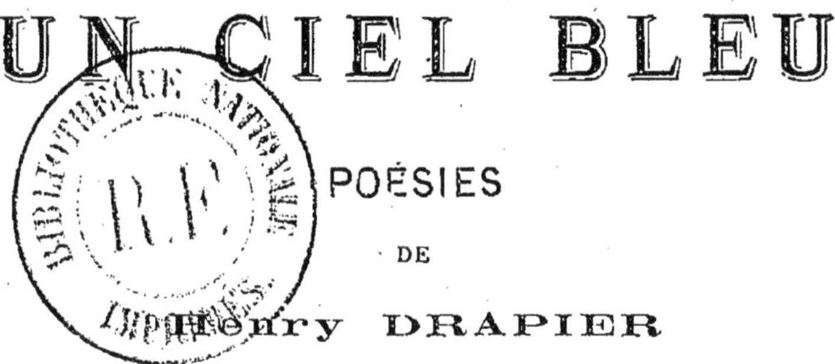

POÉSIES

DE

Henry DRAPIER

L'homme est un apprenti, la douleur est son maître,
Et nul ne se connaît tant qu'il n'a pas souffert.

ALFRED DE MUSSET.

ORAN

IMPRIMERIE DE L'ASSOCIATION OUVRIÈRE

HEINTZ, CHAZEAU & Cie

16, boulevard Malakoff, 16

—

1880

ACCORDS POÉTIQUES

Vibre, joyeuse lyre, et, soutenus du vent,   [d'elle.
Que mes chants, par les airs, montent jusqu'auprès
Vous qui courbez les blés, vous dont le frôlement
Fait frissonner les fleurs, zéphirs je vous appelle.
Apportez votre appui, donnez votre soutien.
Vous ne me parlez plus d'une adorable blonde,
Bois qui gardez caché le dernier entretien ?
De grâce, répondez, et toi, ruisseau, dont l'onde
Glisse, sur les cailloux, son limpide filet,
Tu fus notre témoin ; ô réponds et m'oblige !
Dis-moi de ton glouglou ce que tu tiens secret.
Tu peux seul arrêter le tourment qui m'afflige,
Tu peux calmer mon cœur, comprimer mes désirs.
Viens, je comprends ta voix, viens, qu'elle m'entretienne
De celle que je chante en taisant mes soupirs.
Comme au souffle du vent une harpe éolienne
Murmurant ses accords vibre plaintivement,
Ainsi que chaque écho t'écoute, pour me dire
Quels étaient ses aveux. Dans mon isolement,
Prête-moi tes accents, vibre, vibre, ma lyre.

A MON MEILLEUR AMI, MAURICE DE BRUNHOFF

Je me plains et pourquoi ? Qui donc, en ce bas monde,
A la sérénité d'une amitié profonde ?
Devais-je n'avoir pas tous les nombreux chagrins
Dont le partage incombe à nous autres humains ?
Hélas ! la vie est faite ainsi, car la tristesse
Frappe partout, souvent même atteint la jeunesse.
Il faut être troublé, rongé par les soucis,
Et dans notre existence, un jour, se voir surpris.
Tandis que vous croyez une âme affectueuse,
Du sort vous recevez déception trompeuse.
Si le hasard vous a procuré quelque ami
Avec qui vous avez travaillé, puis grandi ;
Quand semble l'avenir vous bercer d'espérance,
Que vous comptez tous deux passer votre existence ;
Avant de réfléchir vous êtes emporté.
Le destin brusquement brise l'intimité,
Vous arrachant des mains de celui qu'il entraîne
En pays étranger, ou région lointaine.
Ah ! revenez beaux jours, alors que fort heureux
Ensemble, dans Paris, nous vivions tous les deux.

Malgré tous les regrets d'une aussi dure épreuve,
Il m'a fallu trouver une existence neuve.
Rappelle-toi, du moins, quand nous disions : plus tard,
Les projets et les vœux que tu fis au départ.
Ce qu'il me faut à moi : c'est ton affection,
Le bruit de la grand'ville et l'agitation.
J'aime le mouvement, je recherche la foule
Qui circule en la rue, et qui partout s'écoule.
La cité de lumière éclairant les esprits
M'attire et me sourit, comme aux pauvres proscrits.
Oui, tu m'as conservé l'amitié fraternelle ;
L'existence est pour nous dans l'avenir fort belle.
Nous avions mêmes goûts, de semblables désirs ;
Nous recommencerons, promenades, plaisirs.
Désormais, l'espérance au retour n'est pas morte,
Je saurai maîtriser le souci qui m'emporte.
Je laisse faire au temps, et notre affection
Rendra vrai ce qui semble encore illusion.

LES MAURESQUES D'ALGER

L orsque le soir je me rappelle,
    Les souvenirs
Que me donne d'Alger la belle
    Tous les plaisirs,

Je crois voir Fatma, la mauresque,
    En son boudoir,
Qui me charme et captive presque
    De son œil noir.

Elle se penche, langoureuse,
    Sur les sophas ;
Molle, nonchalante, amoureuse,
    Me tend les bras.

Tous les coussins semblent se tordre
    Près des tapis,
Quand ses deux pieds, dans ce désordre,
    Sont accroupis.

Coffret ouvert, étoffe riche,
    Soit éventail,
Rien n'est caché, car tout s'affiche
    Dans ce sérail.

Rusma, kif, essences factices
    Et mille odeurs,
Embaument ce lieu de délices
    De leurs vapeurs.

Sur les colliers qu'aux pieds s'enroulent
    Toutes houris,
J'entends bracelets qui déroulent
    Leur cliquetis.

Du corsage l'incomparable
    Séduction,
Cache poitrine à l'adorable
    Perfection.

Est-ce donc cette natte fausse
    De cheveux fins,
Que sur sa tête elle rehausse
    Tous les matins ?

Pour moi ses formes de sultane,
    Et mille atours,
Des seins voilés de courtisane,
    Parlent d'amours.

Quand me serrant, avec tendresse,
    Comme en des lacs,
Elle me pressait, par ivresse,
    De ses deux bras,

Elle embrassait ; mais était-elle
    De bonne foi ?
La femme qui semblait si belle
    Auprès de moi.

Ah ! dans sa retraite enivrante,
    Combien, parfois,
Etait lascive et carressante
    Sa douce voix.

J'avais à cette almé gentille,
    Car j'étais fou,
Donné le collier qui lui brille
    Autour du cou.

Femme qui sait, lorsqu'elle touche,
    Calmer la fièvre,
Viens dans mes bras, et que ma bouche
    Touche ta lèvre.

Flamme d'amour, feu qui dévore,
    Brûlant le cœur,
Viens aujourd'hui, renais encore,
    Pour mon bonheur.

L'ALGÉRIE

Si d'incultes terrains, sous l'effort des colons,
Se couvrent de produits et de riches moissons ;
Si, dans les lieux déserts, se bâtissent les villes,
Et qu'en sécurité, les gens vivent tranquilles ;
Si le pays est calme et d'une douce paix,
Enfin, nous jouissons. Pensons à ces Français
Qui, d'un pays nouveau, le rivage abordèrent,
Et jadis, sans trembler, les premiers, débarquèrent.
Songeons aux régiments qui furent décimés,
A ces nombreux héros maintenant oubliés.
Combien ! pour assurer le fruit de la victoire,
Tombèrent écharpés et n'eurent que la gloire ?
Gardons le souvenir de ces gens valeureux ;
Car, si nous jouissons du pouvoir, c'est par eux.
De leurs grandes douleurs ayons la souvenance.
Nous devons leur donner au moins quelques adieux ;
Ceux-là qui combattaient sont nos derniers aïeux.
Toi qui vis, autrefois, tant de chrétiens esclaves,
Salut ! pays gardant les tombeaux de nos braves.

A MON CHER MAITRE & AMI, HENRY GROUSSET

Quand au loin, sur la mer, je regarde partir
Les bateaux Valéry que le roulis balance,
Ma pensée est avec, je les regarde fuir,
Ils m'emportent, d'un rêve, aux rivages de France.

Comprenez mes regrets, étant expatrié,
Je me reporte au temps de première jeunesse,
Je crains que, depuis lors, vous m'ayez oublié,
Et mon cœur s'abandonne, il s'emplit de tristesse.

Votre bonne amitié puissiez-vous me garder,
Que l'espérance en vous pour moi ne soit pas vaine,
Cher maître, d'ici peu, j'irai, sans plus tarder,
A Paris, vous trouver, et l'époque est certaine.

Si je suis abattu, morose et soucieux,
Bientôt j'aurai de vous la parole amicale ;
Je compte bien avoir sourire affectueux,
Car votre affection sera toujours égale.

Je vis de souvenirs. Aussi j'ai trop besoin
De le dire à nouveau pour qu'ici je me taise.
L'estime d'un ami mieux s'apprécie au loin ;
Pour moi c'est un soutien dans l'exil qui me pèse.

A MAURICE

Te souviens-tu d'un certain jour,
Alors que nous allions ensemble
Sur les boulevards, à l'entour
Des magasins, où tout s'assemble?

Depuis, sont passés peu de mois,
Combien nous étions gais encore ;
Ce souvenir me vient parfois,
Comme un passé qui s'évapore.

Tandis que je te faisais part,
Car il me fallait te l'apprendre,
D'un rapide et prochain départ,
Toi tu riais, je crois t'entendre.

Lorsque je te causais d'Oran,
De son climat et de l'Afrique,
Que j'allais laisser Carignan,
Rien ne te semblait véridique.

Oui, c'est un projet, disais-tu,
Que rêve cette tête folle ;
Malgré qu'il soit un peu têtu,
C'est du nouveau, je m'en console.

Et toi, prenant l'air sérieux,
Je crois avoir bonne mémoire.
Au fond, tu refusais d'y croïre ;
Cela te semblait si douteux.

Dis, que penses-tu maintenant ?
Un simple projet nous sépare,
C'est un peu trop ; si, revenant,
Je faisais ce que je déclare ?

RONDEAU

Pour vous chérir, je dois agir
  Suivant l'amour, et, j'imagine,
Vous pardonnez que, sans rougir,
Quand je vous vois auprès venir,
J'ose admirer votre poitrine ?

Votre beauté si fraîche et fine,
Votre regard sait me ravir ;
Aussi le cœur qui vous taquine
    Vous veut chérir.

A voir votre pied qui mutine,
Qui se gonfle et semble souffrir
Emprisonné, je sens, cousine,
Tout le tourment que fait subir,
Pour être belle, une bottine
    Qui fait chérir.

SONNET

La rosée, en mouillant la corolle des fleurs,
Brille au soleil doré qui, au printemps, se lève
Pour répandre et donner sa force et ses ardeurs,
Qui font pousser les blés et font monter la sève.

Pas de demi-lumière ou de nuage obscur,
Son éclat est bien vif, mais sa lueur certaine
Est sans don ; car il faut, pour rêver au ciel pur,
L'astre qui vient la nuit argenter dans la plaine.

Le rayon pâle et blanc de la lune fait voir,
Sur l'âme qu'il exalte, un influent pouvoir,
Quand il joue en des eaux de vive transparence.

Afin de mieux penser, le cœur veut entrevoir
La nuit, dans les massifs, les ombres que balance
La lueur veloutée, incertaine, du soir.

A PROPOS D'UNE STATUE

L'ensemble se détache, alerte, irréprochable,
        D'une grande fierté
La tête de déesse, avec grâce ineffable,
        Se penche de côté.

Librement, sans effort de puissantes allures,
        Tout son buste courbé
Se ploie, en conservant, sous des lignes bien pures,
        Sa chaste nudité.

L'amour est souverain, dans ce morceau de marbre
        Qui me fait tressaillir ;
Son œil profond appelle et sa hanche se cambre
        Provoquant le désir.

Des détails voilés, que tous les sculpteurs prodiguent
        Sans les rendre apparents,
Se cachent, aux regards indiscrets qu'ils intriguent,
        Sous des plis adhérents.

Comment se peut-il donc que, d'un bloc presque informe,
        Tout grossier, sans blancheur,
Apparaît, éclatant, le corps qui se transforme
        Sous la main du sculpteur ?

2.

Je l'ai vu bien souvent; chaque fois j'eus voulu
  Pénétrer les secrets
De ce marbre vivant, toujours il m'a fallu
  Emporter des regrets.

Ah ! j'envie un plaisir que, seul, l'artiste éprouve :
  Quand, d'un modèle pur,
Il saisit tout l'attrait; quand son burin découvre
  Un chef-d'œuvre futur.

Lorsqu'il l'a façonné, qu'à genoux il l'admire,
  Comprend l'expression
De ses vivantes chairs et l'enivrant sourire
  Plein de séduction.

C'est le feu du talent et l'ivresse amoureuse
  Qui captive l'esprit ;
C'est voir, en un long rêve, une bouche rieuse
  Qui s'ouvre et vous sourit.

C'est l'idéal rêvé, qui retient et attire
  Un vague sentiment,
Qui doit sembler exquis. Du succès qu'on désire :
  C'est le couronnement.

L'ÉTÉ

La campagne répand une odeur pénétrante,
Et le rouge pavot, de couleur éclatante,
Se mélange aux bluets qui poussent dans les blés.
C'est la saison d'été ; le gazon fin des prés,
Secoué par le vent, reluit sous la rosée.
Tout est beau dans les champs : l'herbe verte émaillée
Cache la marguerite, et, du sein des bosquets,
S'échappent les rameaux. C'est devant les œillets
Que la fière tulipe à corolle élégante
S'étale veloutée. Après l'aube naissante,
L'on voit se réveiller les délicats jasmins
Qui, mêlés aux lilas, font bordure aux chemins.
Le ruisseau, transparent, coule sur la prairie ;
Il serpente, bien loin, dans la plaine fleurie.

Est-il rien de plus beau que de voir le vallon
Couvert de blonds épis, et, dessous le buisson,
Que l'humble violette aux yeux cachant sa tête ?
Ces jours, où la nature a parure de fête,
Nous paraissent trop courts. Ah ! pourquoi le soleil,
Dont la douce chaleur mûrit le fruit vermeil,
Se dérobe et fait place à la brumeuse automne
Qui dessèche les fleurs que le printemps nous donne.

LA MUSIQUE

Quel joyeux attrait la musique
Inspire ! Que son goût délicat,
Donnant l'amour du pathétique,
Exalte le cœur. Son éclat
Fait vibrer la phrase expressive
Qui se dégage et qui s'étend,
Avec une grâce native,
Sur un motif d'effet charmant.
Pour procurer l'enthousiasme,
Combien un air passionné,
Vous imprégnant d'un doux marasme,
Évoque à l'esprit fasciné
Des échos vagues, au lointain ;
Des accents qui portent l'empreinte
D'une joie éclatant soudain.
C'est une fugitive plainte
Pour celui dont le souvenir
Soutient la nature sensible ;
C'est une âme semblant gémir,
Une puissance irrésistible,

Un reflet qui s'évanouit
Vaporeux. Si l'air se déroule,
Vif et brillant, il éblouit,
Car la mélodie en découle,
Avec douceur, verve, abandon.
Son feu, dont les notes frissonnent
En perles tombant du cordon,
Vibrent sur le marbre et chansonnent.
Est-ce l'amour, qui, sur les sens,
Un si puissant transport exerce ?
Où se ressentent ces élans
De poésie ? et qui nous berce
Mieux que les refrains langoureux
Dont le sentiment de tristesse
Fait pleurer. Quoi de plus heureux
Pour l'émotion de jeunesse ?
Souvent, avec quelle douceur
Les larmes pures se répandent
Sous l'effet de cette douleur.
Saisir cette sensation,
C'est comprendre ce goût étrange,
Qui, du cœur, est l'expression.
Exquis sentiment que l'on range
Parmi les plus beaux. Doux motif
D'un voile enchanteur revêtu.
Chant sublime à rithme expressif,
Langage ouvert, simple, ingénu,
Souvent rêveur, toujours précis.
Style inspirant l'âme expansive,

Quand son ensemble est bien compris ;
Tantôt léger, tantôt aimable,
Sujet vif de transitions !
Etant sublime, incomparable,
De célestes vibrations.
Les accords de ton harmonie
Sont influents par leur grandeur,
Car ton attrait seul ingénie,
Ravit l'homme et le rend meilleur.
Heureux celui qui te préfère,
Et qui tes secrets étudie,
Qui sent de ton art le mystère,
Le charme de ta mélodie.

L'ARABE

Il est robuste et grand, bien proportionné :
Le visage est ovale et le teint basané ;
Sur son front imposant, que la ride sillonne,
S'adapte le turban qu'un haïk emprisonne.
Ce fils de Mahomet, beau, superbe et hautain,
A lèvre mince, œil vif tout rempli de dédain ;
Sa barbe brune en pointe au menton se termine.
Lorsqu'il est à cheval, il a superbe mine :
Il est sobre, il est souple, il a l'attachement
Fanatique un peu trop ; porte un blanc vêtement,
Nez fièrement arqué, a tête noble et grave.
Tel apparaît l'Arabe insouciant et brave.

L'HIVER

L'air n'a plus de parfums, la nature pâlit,
Amenant la tristesse, et le givre blanchit
Les cimes des grands pins. Le vent souffle la brume ;
Tout se meurt, et le pauvre, avec grand'peine, allume,
En sa cabane étroite, un peu de bois trouvé ;
Il attend le travail dont le froid l'a privé.
La fumée en montant déroule sa spirale
Qui va trancher de l'air la blancheur glaciale.
On grelotte chez soi, l'esprit devient chagrin,
La neige bat la vitre et couvre le jardin
Où les camélias, sur leurs tiges brisées,
Tombent tous au milieu de leurs feuilles fanées.
Les arbres dans les bois apparaissent tout nus,
Avec leurs rameaux secs vers le ciel étendus.
Je regarde les champs, la terre est toute blanche,
Les oiseaux familiers qui chantaient sur la branche
Se cachent dans leurs nids. C'est l'hiver ! rien n'est beau,
Et décembre et janvier ont ouvert un tombeau !
Adieu ! roseaux couchés sur les herbes jaunes,
Et vous roses d'été maintenant si flétries ;
Adieu ! bluets coquets, marguerites d'amour,
Vous craignez les frimas, j'attends votre retour.

STANCES

Passé qui nous conduis vers des lieux éloignés,
Fais à l'esprit franchir la distance qui barre ;
Dans un rêve fais voir des parents bien aimés
En ce pays lointain dont la mer me sépare.

Pourquoi dois-je envier le sort de ces heureux
Dont le pied n'a jamais marché sur d'autres terres,
Pour n'être pas privé des baisers chaleureux
Que me donnait jadis la plus tendre des mères !

Souvenir un instant efface mes regrets,
Réponds à mon désir qui vers ces lieux m'entraine,
Transporte ma pensée, exauce mes projets,
Dans un songe trompeur en France me ramène.

Nuages qui passez vers le ciel, soutenus
Par le souffle du Nord que les vents froids soulèvent,
Parlez ; Cette contrée, oiseaux légers venus,
N'est-elle pas la seule où tant de pleurs se lèvent ?

Dites moi ce que font mès parents; et parmi
Tóut ceux qui sont restés dans ma ville gentille,
Ai-je encore, du moins, conservé quelque ami
Que je puis retrouver auprès de ma famille?

J'aime vos champs fleuris, vos coteaux toujours verts,
J'aime votre printemps, qui d'amours est l'époque,
Mais ne serai joyeux qu'en voyant outrouverts,
L'espoir; le prompt retour, que tout bas moi j'évoque.

LA PARISIENNE

Qui, dans Paris, n'a vu ces couples qui s'égarent,
Le dimanche, en le square, où les terrains sont verts?
Qui les jardins publics, inondent, accaparent,
Partout cherchant l'ombrage et les endroits couverts.

Vous, coteaux de Meudon, et vous, bois de Vincenne,
Où se rendent les gens évitant la cité ;
Asnières, Courbevoie et les bords de la Seine,
C'est vers vous que se porte et jeunesse et gaîté.

C'est au moins par milliers que vous comptez les groupes,
Rien qu'à l'entour, vos champs pleins de séductions,
Les fêtes sont battues des amants dont les troupes,
Evitant les regards, cherchent vos régions.

Là-bas c'est aventure ou quelque course folle,
Dans les beaux jours d'été, les rayons du matin
Font voir le temps en rose. On rit, l'on se console
Des ennuis, c'est l'oubli pour chaque citadin.

Tout de grâce pétrie et qui donc est la fille
Au regard pétillant d'un azur si profond ?
Qui saute, qui sourit, qui s'amuse et babille,
Quand ses cheveux follets lui frisent sur le front.

De face elle regarde, et son œil grise, entraîne,
Ayant pour vous charmer un moyen inconnu
Qui fait battre le cœur. Sensation suprême !
A laquelle succède un regret continu.

Quand sa robe élégante aux plis serrés sur taille,
Vous dessine la forme, esquisse ses contours,
La passion s'éveille, à sa vue on tressaille,
On la voudrait étreindre, adorer tous les jours.

Je crois entendre encore une voix pure et belle,
Me chanter des refrains pleins de douces fraîcheurs,
Quand j'avais, autrefois, aimante et naturelle,
Une fille avec qui j'allais cueillir des fleurs.

A genoux j'adorais, sémillante et jolie,
Celle dont le minois si fin, spirituel,
M'embrassait souriant d'une bouche étourdie,
Qui laissait sur ma lèvre un baiser sensuel.

Ange ! amoureuse tendre, élégante, coquette ;
Dis, pourquoi ton regard est aussi pénétrant ?
Dis-moi qui t'embellit ? serais-ce ta toilette ?
Ou plutôt est-ce un charme à ton être inhérent ?

Tu détiens, dans tes yeux, une grâce indicible,
Faisant chercher, partout, ta vive affection ;
Tu sais séduire un cœur, car ton âme sensible
Nous aime avec délire, ivresse et passion.

D'où vient que l'on te trouve aimable et enjouée,
Qu'en tous les lieux du monde, on te connaît de loin ?
Etant pour tous affable et de façon aisée,
C'est donc que d'être aimée est pour toi vrai besoin ?

CINQUANTE IAMBES SUR LA GUERRE

Déjà l'invasion au premier bruit de guerre;
    Des nombreux bataillons armés
Se pressent par longs flots sur la terre étrangère;
    Les peuples sont tous effrayés.
Quel désir les entraîne, est-ce la soif de gloire?
    Et qui donc les fait tressaillir,
Les soutient, si ce n'est l'amour de la victoire,
    Donnant la force de souffrir.
Aveugles exaltés, torrent impitoyable,
    Brûlés d'une fiévreuse ardeur,
Formant corps qui s'ébranle avec bruit effroyable,
    Répandent craintes et terreurs.
L'ennemi signalé, loin dans les bois se cache.
    Le sol tremble sous le canon
Attaquant. On le voit, épiant notre marche,
    Retranché sur un haut vallon.
Les arbres sont couchés par les boulets qui rasent
    Les vieux chênes, les peupliers;
Broussailles et taillis qui le masquaient s'écrasent,
    Sous le tir de gros obusiers.

L'ennemi paraissant, l'on se trouve en présence ;
    Courant à travers les sillons,
Les chefs se donnent le signal. Le corps s'élance
    Serré par épais bataillons.
Et le bronze éclatant vomit la mort. La horde
    Des rivaux se courbe sous le fer
Qui s'échappe, en grondant, sur les rangs qu'il aborde ;
    Mais sans pouvoir en triompher.
Le tumulte s'accroît, car la lutte s'engage,
    Les premiers chocs sont repoussés.
Le sabre qui déchire augmente le carnage,
    Enfin les rangs sont pénétrés.
Des soldats enivrés les instincts sanguinaires
    Se réveillent. Comme des loups,
Ils frappent, sans pitié, leurs vaillants adversaires
    Qui sont terrassés sous leurs coups.
Tous ces héros dressés, à la lèvre écumante,
    Se relèvent, frappent sans voir
Les guerriers furieux. La scène est écœurante.
    Soutenus par le désespoir,
Dans ce profond désastre auquel ont survécu
    Des hommes valeureux ;
Ils attaquent toujours, et, vainqueur et vaincu,
    Bravent le tumulte odieux.
Revenant entraînés sur ce bloc invisible.
    Des hurlements affreux, des cris
Que poussent les blessés. La mêlée est horrible,
    Les soldats sont meurtris,

Pâles, tout mutilés, ils combattent encore
    Pour se venger ; et repoussant
Le soldat étendu, qui d'eux sa grâce implore,
    Ils le renversent dans le sang.
L'air brûle, et les vapeurs de fumée et de poudre
    Forment comme un nuage épais
Que de ses rayons le soleil ne peut dissoudre ;
    Il semble éclipsé pour jamais.
Des membres écrasés ensanglantent la terre,
    Là, des canons sont renversés ;
Ici, râle un vainqueur, telle apparaît la guerre :
    Des morts ! des hommes éventrés !
Marchez, guerriers fameux, vous, légion d'élite ;
    Faites l'Europe retentir
Du bruit de vos exploits. Tuez, cela profite
    A votre gloire. Allez grossir
Le nombre des succès, fruits de vos mœurs sauvages.
    Soyez d'inconscients bourreaux,
Montrez de l'héroïsme, angmentez les carnages,
    Sabrez, entr'ouvrez des tombeaux.
De la force brutale étant les seuls grands maîtres,
    Ecrasez tout, broyez la chair,
Ceux que vous égorgez ne sont que de vils traîtres ;
    Que le cadavre empeste l'air.
Que toutes nations dessous vos pieds gémissent,
    Chaque bataille est un succès ;
Que le monde soumis, les peuples s'asservissent,
    Distinguez-vous par vos excès.

Les morts ne parlent plus. A ceux-là qui voudraient
    Se plaindre, eh ! montrez donc l'honneur.
Dites-leur d'indiquer où sont ceux qui pourraient,
    Mieux que vous, donner le bonheur.
Longtemps vous jouirez d'une gloire éclatante,
    Au mépris de tous les regrets,
Vous ferez couler bien des pleurs. La femme aimante
    Sera soumise à vos décrets,
Son cœur vous le pourrez étreindre, et pour son rêve,
    Vous le saurez briser. Le front
Qui de boue et de sang tout souillé se relève
    Rougi ; vos pieds le fouleront.
Et si contre la mort, dans un effort suprême,
    Quelqu'un se soutient, se débat ;
Qu'il succombe frappé par cette main qui sème
    La terreur et l'assassinat !
Que tous versent des pleurs. Il faut que l'on soit triste.
    La Parque attend, pas de quartier.
Allez, portez l'effroi, mais que rien ne subsiste ;
    Tuez les fils jusqu'au dernier.
Est-il donc une mère à la douce tendresse ?
    Arrachez-lui son seul enfant.
Oh ! vous qui croyez à la paix, c'est la tristesse :
    La guerre avance en triomphant.

3.

A BEETHOVEN

O grand homme inspiré! possédant la science,
Toi qui marquais si bien d'un trait grave, imposant,
Les accents chaleureux, pleins de magnificence,
Où l'on reconnaissait ton souffle si puissant.
Tu nous a dérobé le secret dramatique;
Ombre d'un vrai génie, as-tu donc emporté
L'empreinte qui gravait ta divine musique?
Quel cœur était le tien, après avoir jeté
Un charme entraînant sur des sujets d'un grand style
Qui respirent l'ampleur? Quel est ce large trait
Que l'on trouve en tes chants? Toi, dont la main habile
Savait sur tout motif écrire un air parfait,
Oui, toujours on t'admire; on prend comme modèles
Ce qui fut dérobé des plus nobles élans
Que pouvait enfanter un art que tu révèles.
Tu déchaînes les sons comme des ouragans,
Parfois ta basse émeut, grondant comme la foudre;
Chez toi l'on sent vibrer le bruit voilé du cor
Lourd, sévère, imposant, qui s'éteint pour résoudre
La gamme au vif éclat semblant y prendre essor.

Tu tenais dans ton cœur tout un instinct sublime,
Maintenant la pensée en cette région
Qu'un sentiment de goût si grandiose anime,
Où domine et réside, où vit la passion.
Éloquent novateur ! tu comprends, tu colores
L'assemblage des sons pour en tirer l'effroi.
Tes modulations à cadences sonores
Nous donnent des frissons. Tout pâlit près de toi,
O Beethoven rêveur, premier qui fit parler,
Et souvent tressaillir, par des flots d'harmonies,
Auteur sans vrais rivaux ; car, seul, tu fais pleurer,
Lorsqu'on entend jouer tes belles symphonies.

LES FLEURS

Le matin, j'aime à voir lever
L'astre qui vient pour activer
Le réveil des fleurs. Il rehausse
Le chèvrefeuille, qui s'adosse,
Mélangé dans les liserons,
Grimpant à l'entour des vieux troncs.
L'heure est venue, alors, tout s'ouvre ;
Rosée ou givre qui recouvre
Les feuilles, s'évapore et luit.
Tandis qu'un lis épanouit
Sa corolle élégante et blanche,
Timide comme la pervenche,
Sa peau de satin sans couleur
Exprime la douce candeur.
A demi-cachée en la mousse,
Paraît la sensitive douce.
Quel jour serait donc plus joyeux ?
Seul, sans témoins, je suis heureux.
Je songe au monde et je médite ;
Je suis le rêve qui m'invite ;

Loin de la ville et de l'éclat,
Je vois le jasmin délicat,
Dont la tige petite, fine,
Balance et doucement s'incline,
Se courbant, souple, se mouvant
Sous le souffle léger du vent
Et quoi donc a plus de mérite
Que l'arbuste à feuille petite,
Portant les bouquets de lilas ?
Auprès des grands camélias,
Dont la nuance est pourpre, rouge,
Je vois le feuillage qui bouge,
Et la rose exhale en les airs
Tous ses parfums si purs et clairs.
Tulipe, emblême de la joie,
Avec peau de velours et soie,
Symbole de fierté, d'orgueil,
Quand on la contemple de l'œil,
Se redresse, svelte, pour plaire ;
Car elle est reine en le parterre.
Poussez, croissez dans le jardin ;
La saison est à son déclin.
Bouquets ombreux, vous, tendres plantes
Qui me regardez suppliantes,
Vous craignez un prochain trépas ?
Rassurez-vous, je ne veux pas
Vous briser d'une main profane.
Vous avez peur que l'on vous glane

Pour vous réunir en bouquet.
J'admire ici votre reflet,
Mais non pour vous couper la tige.
Que l'abeille en vos fleurs voltige.
Redressez-vous, gardez l'espoir ;
Dans le jardin j'aime à vous voir.
Je ne prendrais pas, réunies,
Vos têtes que j'aurais flétries.
L'amour existe en la beauté,
L'oiseau ne vit qu'en liberté ;
L'enfant est bien près de sa mère :
Je laisse la rose à la terre.

SONNET

Ah ! quand le sort fatal, implacable et jaloux,
En aveugle survient ; que la gloire, naissante,
Vous semble enfin sourire. Adieu, rêve si doux ;
Quittez votre espérance, elle est insouciante.

Pensez que tout est dit ; prêts à s'évanouir,
Vos songes céderont à la vérité dure.
Ne comptez plus pouvoir longtemps vivre et vieillir ;
Cédez à l'évidence et devinez l'augure.

Quand on croit pour toujours l'avenir assuré,
Que l'on pense exister heureux, considéré,
Alors c'est le destin qui vient pour vous abattre.

La Parque vous enlève et vous fauche à son gré.
Vouloir contre la mort lutter ou se débattre,
Est fou ; car chaque jour pour vous est mesuré.

LA CHASSE

Voici l'Arabe heureux, il sourit et se pame,
    Songeant au plaisir,
Sa narine frémit, et son œil, plein de flamme,
    Trahit le désir.

Son air grossier se change, et sa tête anxieuse
    Respire l'effroi ;
Il semble s'animer, car sa lèvre fiévreuse
    Montre son émoi.

On entend des slouguis aboyant dans la plaine
    Le son guttural ;
Ils serrent de très près, lancés à toute haleine,
    Un rusé chacal.

Tout cavalier bondit à travers la rocaille,
    Où le lévrier,
Par ses cris, fait sortir, derrière la broussaille,
    Le peureux gibier.

Renversez chaque obstacle, élancez-vous rapide,
    Vigoureux chasseur ;
Suivez la trace empreinte et la piste qui guide
    Le chien aboyeur.

Par les champs ou les bois de tuyas et de chênes,
        Dans les tamarins,
Sans craindre le danger, sans ménager vos peines,
        Poursuivez les daims.

Le lièvre peureux, quand vous passiez superbe,
        Était assoupi ;
N'osant quitter son gite, il se cache sous l'herbe
        Et resté accroupi.

Vous qui cherchez ce bruit que la chasse accompagne,
        Vous impatients,
Écoutez les chasseurs qui battent la montagne,
        Et leurs cris vibrants.

Le gibier, effaré, franchissant la bruyère,
        Dans tous les sens fuit ;
Mais, pressant son galop, la cavale légère
        De près le poursuit.

Bientôt, devant, se montre une vive gazelle
        Sautant les taillis ;
Elle veut dépasser le cheval qui ruisselle
        Et lutte indécis.

Avant que, dans sa course agile, elle vous lasse,
        De suite ayez soin
De la frapper ; sinon, vite elle vous dépasse,
        Et vous restez loin.

Visez : que votre balle arrive comme bombe ;
        Que, dans le vallon,
Blessée à mort, du coup atteinte, elle succombe
        Dessous votre plomb.

Enfin ! elle est touchée et ralentit sa marche ;
        Son corps est meurtri ;
Puis, je la vois, boitant, faiblir en sa démarche
        Et tomber sans cri.

J'arrive à l'agonie, alors que sa blessure
        Perdait tout le sang,
Qui coulait, par caillots, au-dessus la verdure,
        En la rougissant.

Son regard, abattu, semblait demander grâce ;
        Son cou gracieux
Se tourne ; elle me voit et me regarde en face,
        D'un œil langoureux.

La paupière se baisse, enfin, sans défaillance ;
        Doucement, sans heurt,
Elle râle ; un soupir termine sa souffrance :
        Elle tombe et meurt.

TRAHISON

Non, c'est écrit que rien ne me peut réussir ;
Je dois trouver, partout, déception amère.
A quoi bon entreprendre ? après pour voir surgir
L'écueil où tout se brise, aussitôt que j'espère.

Tandis que, vivement, tes lettres j'attendais,
Je me fiais à toi de mon âme éperdue,
Allant dire à chacun qu'heureux tu me rendais,
Je reçois tes adieux !... Es-tu pour moi perdue ?

De ce monde, oh ! combien j'éprouve du dégoût.
Comme le cœur s'aigrit chez l'homme, quand il souffre.
En moi, tout est changé ; je suis trahi partout :
Regrets, puis amitiés, tout s'enfuit dans le gouffre.

Mon amour, jusqu'alors, affrontait chaque assaut ;
Toujours je résistais, et c'est par l'égoïsme
Que l'on me vient répondre. En terminant, il faut
Afficher, devant moi, le plus hideux cynisme.

Sur la terre, je vois, ce n'est que l'intérêt :
C'est courbé sous ses lois que l'homme, humble, défile ;
C'est lui qui nous maintient, soumis à son décret ;
Dans toute chose, il est le seul et vrai mobile.

Je suis blasé, je vois ; évitons les ennuis.
Très calme et de sang-froid, depuis que je raisonne,
Je cède, je comprends, je laisse les appuis ;
Je serais défiant, car tout l'on espionne.

Brisons donc, oublions les moments du passé ;
Je ne veux plus braver le destin qui s'oppose.
Mieux vaut partir content que d'être délaissé ;
Je supporte le coup sans paraître morose.

Notre amour ne pouvait toujours continuer ;
Il se devait éteindre et je m'en débarrasse ;
Mais avant que le temps le vînt diminuer,
Je renonce au bonheur, puisqu'ici bas tout passe.

A UNE ESPAGNOLE

O femme qui viens de Castille,
  Si tu voulais ce soir, au bal,
Nous éblouir du feu qui brille
De tes beaux yeux; fais un signal,
Je serai fier, charmante fille,
      D'être vassal.

Permets que, partout, je te suive;
Laisse, c'est là mon seul souhait :
D'être à ton bras, la perspective
M'enorgueillit, me satisfait;
Car ton esprit fin me captive
      Par son attrait.

J'aime à voir trancher ton visage
Des nombreux colliers de corail
D'où le cou, chargé, se dégage,
Lorsque, à demi, sous l'évantail,
Tu caches, du haut d'un corsage,
      Tout le détail.

Les boucles de ta chevelure
Complètent tes piquants attraits ;
Ton air aisé, ta vive allure,
Te font jolie, et tu parais
N'avoir de mettre une parure
    Besoin jamais.

Crois-le, tu peux passer altière ;
Ayant la beauté rayonnant,
La grâce t'est si familière.
Montre qu'au bal, toi survenant,
Tu laisses les femmes arrière
    En dominant.

C'est le succès pour toi, décide ;
Par l'âge on est souvent surpris ;
Écoute l'amant qui te guide :
Aujourd'hui, tu n'a pas de ride,
    Du temps jouis.

Viens, profitons, mais sois joyeuse,
Fille d'Espagne aux gais séjours ;
Ta forme est bien voluptueuse,
Ta robe esquisse tes contours ;
Je veux t'aimer, te rendre heureuse
    Par mes amours.

LA FANTASIA

Le gros des cavaliers se dispose et s'attroupe ;
Le caïd Abdallah les réunit en groupe.
Les sabres sont brillants, sur le dos des chevaux,
Ornements brodés d'or, harnais orientaux,
Tout reluit au soleil. Les hommes se résignent,
Soumis, impatients ; mais les bêtes trépignent
Dans le sable brûlant. Le chef, sur un cheval
Docile, infatigable, arbore le signal.
Ils partent : leurs coursiers s'élancent dans l'espace ;
Sur leurs grands étriers dressés, l'œil plein d'audace,
D'un feu qui brille ardent, sous des épais sourcils,
Galopent, frémissants, armés de longs fusils
Qu'ils déchargent dans l'air, au-dessus de leur tête.
De la poudre et du bruit, c'est bien un jour de fête.
Excités par les cris, grisés par le fracas,
Ils lancent devant eux leurs armes de Damas
Qu'ils rattrapent au vol, laissant flotter leur rène
Sur le cou des chevaux qui volent dans l'arène.
C'est l'instant de la course à son plus vif éclat ;
Car l'Arabe, exalté, simule le combat.

A travers la campagne, augmentant son allure,
Il presse le galop de sa vive monture.
Aux clameurs de la foule, au bruit assourdissant
Des femmes, vient se joindre un you-you très perçant.
Les chants, les cris de guerre et la mousqueterie,
Avec l'odeur de poudre, augmentent leur furie.
Le sable, soulevé, les cache, obscurcit l'air ;
On les voit disparaître, au loin, comme l'éclair.
Puis, quand ces cavaliers, exténués, arrêtent
Leurs chevaux, écumants, épuisés, qui s'entêtent,
Cependant, à vouloir toujours continuer
Leur course échevelée, et qu'ils font volte-face,
D'autres quittent le groupe et vont prendre leur place.
Ces nouveaux ont aussi l'impétuosité :
Ils fondent, pleins d'ardeur, avec rapidité.
Ainsi que les premiers, ils s'élancent, et chaque
Arabe, en son galop, exécute l'attaque :
Il montre autant de feu, prête même action.
C'est la fantasia, sa grande passion.
Le comble de ses vœux est d'y montrer adresse,
Vigueur, agilité unie à la souplesse ;
Il pourrait se tuer, mais il reste joyeux,
Car il n'a peur de rien, ne craignant que ses dieux.

LA COURTISANE

D’où vient que son sourire,
Quand je suis inquiet,
Sur mon cœur, qui soupire,
Produit si grand effet ?

Pour savoir apaiser
Une soif sans pareille,
Il suffit son baiser,
Qui mon amour éveille.

Car sous un sourcil noir
Est un œil qui caresse ;
Son regard a pouvoir
De plonger en l’ivresse.

Ah ! que de fois, le soir,
J’ai parcouru la ville,
Ayant perdu l’espoir
D’un amour trop mobile.

Tandis qu'elle mutine
Et contente un rival,
Jaloux, je me chagrine
D'un cœur franc et loyal

Toi qui sais étourdir
Lorsque ton bras enlace,
Tu sais aussi trahir
L'importun qui t'agace.

O la mine engageante,
Le regard vif, brûlant,
Quand sa bouche enivrante
Se donne à son amant.

En reine de l'amour
Enflammant tous les cœurs,
Ceux qui te font la cour
Reçoivent tes faveurs.

PLAINTES

Vous daignez, aujourd'hui, par simple charité,
M'accorder, quelquefois, un regard que j'appelle ;
Je ne rencontre plus cette affabilité
Que vous aviez, jadis, pour moi, femme cruelle.

Croyez-vous donc, enfin, qu'un coup d'œil, en passant,
Me rende satisfait, et, devenant docile,
Que je vais m'abaisser, devant vous, caressant ?
C'est se tromper beaucoup ; vous auriez trop facile.

N'allez pas supposer que j'accepte si peu ;
Je vous aimais d'amour ! c'est vrai, je le confesse ;
Mais je veux qu'en retour, c'est bien le moins, parbleu !
Vous me laissiez un baiser venir à mon adresse.

Qu'ai-je à présent besoin de cette affection,
Que, par maigres lambeaux, maintenant l'on m'accorde ?
Je saurai me passer de la protection
Que vous semblez donner lorsque je vous aborde.

A peine ai-je vingt ans : à ce qu'il me paraît,
C'est fort jeune, et, de plus, j'ai le cœur très sensible.
Si je pouvais t'aimer, je serais satisfait ;
Mais vivre sans amour, c'est pour moi l'impossible.

Sais-tu que je possède une âme qui comprend
Et concentre chez elle, avec sainte tendresse,
Cette exquise fraîcheur de ta joue, et prétend
Que tu lui dois encore un baiser, par promesse ?

Je veux qu'oubliant tout, ton bonheur soit le mien ;
Il faut que, dans mes bras, seule tu t'abandonnes :
Je veux ton cœur entier ou bien je ne veux rien ;
Je veux ton amitié. Fais-moi grâce et pardonnes.

LETTRE D'AMOUR

La charmante surprise,
Et pour moi quel égard,
Venir, sans qu'on le dise,
Me voir à mon départ.

Dès lors, je puis comprendre :
Tu ne m'oublieras pas,
Tu me le fais entendre
En le disant tout bas.

Oui, je m'occupe à faire
Des projets pour plus tard ;
Puisque l'amour m'éclaire,
Je sonde le hasard.

J'erre et mon âme entr'ouvre ;
Je vais philosophant ;
Je dis ce que j'éprouve,
Oh ! que je suis enfant.

Puis-je être plus timide
Et ne rien mettre au jour ?
Lorsque j'ai pour seul guide
Un aveugle : l'amour.

Nous ne nous pouvons suivre ;
Si notre affection
Nous voulons faire vivre,
Gardons l'illusion.

Suppose, et qu'il te semble
D'un rêve être jouet,
Que nous sommes ensemble,
Que j'avoue un secret.

Et le baiser de joie,
Plein de douce fraîcheur,
Que ton amant t'envoie,
Te semblera meilleur.

SEUL

Il n'est rien qu'on ne peut franchement avouer ;
Vous m'avez délaissé, jeune beauté légère :
Oh ! ne le niez pas ; j'ai pu m'en consoler,
Avec l'aide du temps, par l'oubli qu'il opère.
Souvent, je vous revois, figure de lutin ;
Non pas que j'ose dire au fond : je vous déteste ;
Si je suis insensible en touchant votre main
Sans même tressaillir, j'ai le dépit qui reste.
Je ne veux certes pas vous faire un compliment ;
Si j'avais votre esprit, je saurais aisément
M'y prendre en me servant d'une juste tournure.
Bah ! j'ose vous le dire, et à mon détriment :
Vous fûtes mise au monde, et, dame, la nature
Voulut prouver, par là, son peu de jugement.

REGRETS

Sur un soupçon
Tu devins fière ;
Donne un pardon
Qui soit sincère.

Quel grand forfait
J'ai pu commettre ?
Ai-je un secret
Osé transmettre ?

Quand tu passas
Près moi rapide,
Tu me laissas
Dans l'âme un vide.

O jour fatal !
Qui me procure
Chagrin moral
Et douleur sûre.

De ton plein gré
Pour moi tu changes ;
Rien n'est juré
Quand tu te venges.

Je veux savoir
Si par malice
Tu crois devoir
Faire un caprice.

Adieu plaisir,
Tu fais la mine ;
Pour t'obéir
Je me chagrine.

Je veux t'aimer ;
Reviens en songe
Me contenter
D'un doux mensonge.

En t'écoutant,
Fou, je m'enivre,
Je me sens vivre
En te voyant.

Seul un baiser,
Pris sur ta lèvre,
Peut apaiser
L'ardente fièvre.

PARDON

Que tu me fis du mal,
Sans que je le pressente,
En les bras d'un rival
Tu te livras, ardente.

Par amour, j'ai tremblé ;
Je suis faible. Oh ! la crainte
Dont je suis accablé
Fait comprendre ma plainte.

Tu me dis d'oublier
Ta faute, tu regrettes,
Mais, pour bien l'expier,
Je veux que tu promettes.

Que de lui tu t'épris,
Il faut que l'on ignore ;
C'est moi que tu choisis,
Redis-le donc encore.

DEUX SŒURS

La brune a gai sourire et, de plus, deux beaux yeux.
     Qui vous vont droit au cœur ;
Mais la blonde fait voir qu'un regard langoureux
     Promet plus de bonheur.

Elle sait, avec grâce et si douce manière,
Se donner l'air rêveur qui vous vient caresser ;
Quand elle vous regarde et lorsque sa paupière,
Sur l'œil, demi-caché, vient presque s'abaisser.

VOYAGE DANS LE TELL

Déjà je vois les monts dont les pics dentelés
Se dressent menaçants. Les sommets élevés
Sont couverts d'aloës et de vieux chênes-liége
Aux troncs tout rabougris. Leur faisant un cortége,
Au-dessus des sentiers se groupent les figuiers ;
Sur la pente ont poussé des bouquets d'oliviers.
Les hommes, accroupis, aux poses indolentes,
Se tiennent, formant cercle, à côté de leurs tentes.
Un Arabe, très fier, drapé comme un César
Dans les plis du burnous, regagne le douar,
Qui s'abrite, adossé tout contre la colline.
Le troupeau des moutons très lentement chemine
Sur la route poudreuse, aux bords verts de cactus,
Qui, de chaque côté, soutiennent le talus.
Au galop allongé de son cheval rapide,
Me rase et disparaît un coursier intrépide.
Sur le plateau j'arrive et admire au hasard,
Du haut d'un grand rocher laisse errer mon regard
Dans les ravins profonds. Là, j'ai peur et je souffre
En contemplant l'abîme insondable du gouffre.

L'œil distingue les creux, les replis de terrains ;
J'embrasse, au loin, les champs couverts de palmiers
Un lieu sec et stérile, immense en étendue.   [nains,
Un coteau dénudé se déroule à ma vue :
C'est pays indigène ; il est vaste et fécond ;
Mais l'Arabe, arriéré, d'un sol riche et profond
Ne sait tirer parti. L'aurore seule est belle
En ce site sauvage où se tient la gazelle.
L'air est pur, le soleil brille d'un vif éclat ;
La chaleur m'importune, elle accable et m'abat.
Je recherche de l'eau la fraîcheur qui s'émane
Et m'arrête au berceau que forme un grand platane.
L'abri d'un laurier-rose auprès des accacias
M'engage à reposer, m'invite et tend les bras.
J'étais bien fatigué, car longtemps je sommeille ;
Aussi, tout étonné, lorsque je me réveille,
Le jour touche à sa fin, le soleil disparaît.
Je me presse en marchant, lorsque, enfin, m'apparaît
Le ruisseau traversant un léger pâturage ;
Vient ensuite, au-devant, le massif du feuillage
De la vigne et des bois. Quelques blanches maisons,
La verdure à l'entour, m'annoncent les colons.
Tout change : ici, l'on sent la main de gens habiles :
La nature est riante et les terres fertiles.
Le lentisque fait place aux vivants orangers ;
On trouve des sapins, partout des potagers.
D'un brusque changement, combien semble prospère
Cette zone à côté de l'autre qui diffère.
Je regardais joyeux, je trouvais tout charmant,
Je plaignais le vaincu de son entêtement

Qui lui fait conserver la façon primitive
Pour labourer, semer, le terrain qu'il cultive.
J'eus voulu qu'il apprît, en homme intelligent,
Ce que l'Européen, son voisin diligent,
Lui montre chaque jour. D'un temps court de durée,
Il pourrait transformer cette belle contrée ;
Mais il aime mieux fuir, payer le conquérant ;
S'il supporte son joug, il le hait. Soupirant
Après la délivrance, avec ceux de sa race
Subit patiemment, implacable et tenace.
Il paraît oublier ; mais il attend le jour
Qui, pour tout Musulman, doit être le retour
D'un messie annoncé, qui le fer lèvera,
Et le Roumi, battu, dans la mer jettera.

VIEUX MOT

J'ai besoin de le dire et de le répéter :
Je t'aime ! O toi qui sais, dans un baiser suprême,
Me faire oublier tout, viens de près écouter
Ce mot dont le charme est toujours nouveau : Je t'aime !

Ceux qui n'ont pas senti ce qu'est un amour pur,
Ayant mal éprouvé ce qu'il y a de tendre
Dans une affection ; vous tous, qui un cœur trop dur
N'a jamais fait pleurer, vous ne pouvez comprendre.

Ah ! lorsque pour goûter ce sentiment moral,
On peut de l'amitié largement se suffire,
Sachant vaincre les sens, quel bonheur idéal !
Quand on sait que pour soi vit un cœur qui soupire.

Je ne puis te revoir, je dois me maîtriser ;
Les regards indiscrets m'en empêchent, j'évite
Un soupçon ; mais j'espère, à nouveau, te causer ;
Le temps c'est peu, du moins j'aurais plus de mérite.

Ce jour viendra sans doute, y songes-tu parfois ;
La séparation, seule, peut nous atteindre ;
Ne la redoutons pas, puisque je ne prévois,
Pour nos nombreux projets, rien qui nous fasse craindre·

Aussi je veux sans cesse ici, comme refrain,
Espérant qu'en retour toi tu feras de même,
Ce mot que dit, bien mieux, l'organe féminin,
Ce mot qui me soutient : Je t'aime ! adieu, je t'aime !

FRANCHEMENT

C'est un supplice qui me pèse,
Je tremble et je suis indécis,
Mais souffre trop pour que je taise
Cet amour dont je suis épris.

Je serais heureux de connaître,
Et cela me tient, me poursuit,
Ce que ces vers, chez vous, font naître,
Et l'effet qu'ils vous ont produit.

Si je vous parais imprudent,
De grâce, au moins, ne riez pas ;
J'aime que l'on soit indulgent ;
Si vous riez, riez tout bas.

Il faut pourtant que je l'avoue,
Je dois enfin mon âme ouvrir :
Prendre un baiser sur votre joue
Est mon plus grand et seul désir.

Ma passion, je la révèle :
J'aime de l'amour le plus vif.
Pourquoi ? C'est que vous êtes belle.
Voilà quel est mon vrai motif.

ORAN

Ici, Mers-el-Kebir, la rade des pêcheurs.
Dans ce golfe profond, en été, les baigneurs
Se pressent sur la grève, et le flot, qui caresse
Le coquillage rose, efface sa rudesse.
Les cailloux, agités, sont polis par les eaux
Sur le sable battu. La voile des bateaux
Se gonfle mollement sous la brise légère,
Et la barque s'enfuit, rapide, passagère.

Le ciel semble toucher l'horizon éloigné,
Où le regard se perd par l'infini borné.
Un nuage égaré court à travers l'espace ;
La mer paraît, au loin, plane comme une glace.

Là Santa-Cruz, debout, grave et mystérieux,
Lutte contre le temps, la tête dans les cieux.
C'est au bas, près du fort, que la côte se dresse ;
Et quand le vent d'Ouest, apportant la tristesse,
Arrive, impétueux, son souffle si violent,
A travers les rochers, semble un gémissement

Sous les flancs crevassés que baigne l'eau limpide.
Sur les flots agités que, dans son vol rapide,
La plaintive mouette effleure en se baignant,
Précurseur de tempête, on aperçoit courant
Le mousson argenté dessus la mer ridée.
La vague se disperse, en pluie, à la jetée ;
Derrière, le vaisseau se réfugie au port ;
La nuit, les feux du phare en indiquent l'abord,
Et, le long de ses quais, les navires se pressent.

Le versant du Planteur, où les pins verts se dressent,
Embaume le vallon ; au doux parfum des fleurs,
L'air frais venant du bois mélange ses senteurs.
Un chemin tortueux se perd dans la campagne.

Au pied de la Casbah s'arrête la montagne.
Une pente fort douce à la ville conduit,
Où domine la mer dont le bleu clair séduit.
Les jardins, rafraîchis par une eau jaillissante,
Tapissent les ravins de verdure éclatante.
Formant l'amphithéâtre, à gradins étagés
Se groupent les maisons. Les croissants élevés
Couvrent des minarets les légères tourelles
Que rasent, se jouant, les vives hirondelles.
Aujourd'hui, ce n'est plus basses constructions ;
Les Maures, les Juifs, ont nos habitations.

L'Étang et ses bosquets, qui sous le vent tressaillent ;
Sa pelouse en terrasse où tant de fleurs émaillent,
Entourent du plateau les terrains élevés
Que forme la falaise aux rochers escarpés.

Là, dimanches, jeudis, la musique vibrante
Fait entendre un concert d'une empreinte charmante.
Pour abriter l'orchestre, un kiosque élégant
S'avance, et son aspect complète brillamment.
La polka délicate et la valse jolie
S'en échappent au loin ; des torrents d'harmonie
Débordent. Les accords, en rythmes cadencés,
Font retentir les airs de leurs accents cuivrés.
L'enceinte des remparts, qui, de près, environne
Le Château-Neuf, dressé sur le mont qu'il couronne
Par l'épaisse muraille avec de grosses tours,
Enferme la caserne, où le son des tambours
Retentit. La Montagne aux Lions se dessine
Sur le fond de la baie, où sa forme domine.
Sa silhouette ombrée, au contour incertain,
Cachée en les brouillards, disparaît au lointain.
Maintenant, cette ville aux murailles croulantes,
Remparts de l'Espagnol, dont les ruines fréquentes
Furent, par le Bey turc, léguées à nous vainqueurs ;
Oran qui, tour à tour, eut pour maître et seigneurs,
L'Espagnol, puis le Turc, et même aussi l'Arabe,
Puis les fils de ces Francs descendus de Souabe,
Contient dans son enceinte, aujourd'hui mélangés,
Quelques Juifs du Maroc par nos lois protégés.
Portant un bonnet noir qui les fait reconnaître,
Ils coudoient les soldats. Ou bien on voit paraître
Une Juive fort belle au costume français
Qu'elle porte avec goût. On rencontre un Maltais
Près des bruns Andalous qui, noblement, se drapent
Des plis de l'alhamar. Les señoras s'échappent,

Vives, gaies, de la foule. Insouciant, le Maure
Suit l'Arabe, étonné, qui tout des yeux explore.
Partout, l'activité, le mouvement mondain,
Donnant à la cité cachet européen.
Créneaux, vous, vieilles tours qui conservez l'empreinte
Des anciens conquérants ; grands murs noirs dont l'en-
Protégeait des assauts donnés contre la ville ;   [ceinte
Ombres des Espagnols venus de la Castille,
Que de vous a légué la domination ?
Rien !..... qu'un souvenir de civilisation.

A UNE ALGÉRIENNE

Vous envoyer, d'un style fade,
Quelque méchant petit billet
Devant qui vous serez maussade,
Vrai ! c'est un drôle de projet.

Oser vous écrire une lettre
En quelques vers, oh ! c'est bien peu.
Il vous faut cependant admettre
Que c'est presque faire un aveu.

J'avais un sentiment de gêne
Qui, chez moi, pressait le dessus ;
Je craignais que cela m'amène,
En réponse, un cruel refus.

On dit que la chose est fort grave ;
ais, moi, je deviens amoureux :
ne voudrais aucune entrave ;
i je suis audacieux.

conduire de la sorte,
oins, fort hésité
nt, l'amour l'emporte,
mps j'ai résisté.

J'avais beaucoup de patience ;
Quoique je brûlais du désir
De vous faire une confidence,
J'ai su longtemps me maintenir.

Au bras d'officiers de marine,
Un soir, je vous ai vue au bal ;
Souvent j'y pense et me chagrine.
Que ce souvenir me fait mal.

Ne pouvant mon secret vous dire,
Ni même l'avouer tout bas,
Je me contente de l'écrire,
Et j'ose faire un premier pas.

Mais j'ai si peur que l'on refuse
Sans me répondre ou consentir ;
Vraiment vous seriez sans excuse
En me faisant ainsi languir.

Ah ! dites-le moi donc sans crainte ;
La jeune fille a tant de tact ;
Un simple mot, rien qu'une étreinte,
De votre main le seul contact.

REPROCHES A LA MÈME

Par quel grave secret êtes-vous poursuivie ?
Vous qui me cachez tout, écoutez mon appel.
Avouez ce motif, dites ce que j'envie.
    Voyons ! quoi de plus naturel ?

Pourquoi conservez-vous cet air pensif et triste ?
Lorsque je vous rencontre, ayez moins de froideur ;
Cela me peine aussi ; voyez combien j'insiste :
    Quittez votre minois rêveur.

Je voudrais la gaieté sur votre douce image ;
Le bonheur si souvent loin de nous s'est enfui,
Qu'il nous faut repousser chaque importun nuage
    Qui nous vient apporter l'ennui.

Je comprends même un peu que, parfois, l'on s'afflige ;
Le cœur a ses regrets ; il n'est pas si constant
Qu'il puisse avoir toujours la force qui dirige ;
    Mais cela dure un seul instant.

Si vous saviez combien c'est amour me désole !
Je n'ai qu'une pensée au charme délicat,
Mais qui me fait souffrir ; pourtant je me console ;
    Vous voyant, je change d'état.

Je sais me maîtriser, pour un instant j'arrache
Aussitôt de mon cœur un écrasant fardeau ;
Quand je vous vois passer, tout mon chagrin je cache :
    J'évoque un souvenir nouveau.

Oh ! blonde que j'adore ! oui, je vous en supplie,
Ne me regardez pas d'un air insouciant ;
Je veux vous voir heureuse et devant vous j'oublie :
    Faites de même en souriant.

LES BAISERS

Plus d'un ignore où se révèle
Ce qui suffit pour apaiser ;
Mais, s'il souffre, vite il appelle
Un doux baiser.

Quand l'heure au deuil chagrin procure,
Au choc qui vous vient écraser
Il faut : le calme et le murmure
D'un seul baiser.

Apportant la joie il dissipe,
L'ennui s'efface et pour griser
Par plus d'effet qui participe
Que le baiser ?

Deviner l'ombre impénétrable,
Le ténébreux analyser ;
C'est la puissance remarquable
De ce baiser.

Lui qui contient et vous imprègne
D'amour discret, sait l'attiser ;
Et qu'est-ce donc que l'on enseigne
En un baiser ?

MÉLANCOLIE

Mon Dieu ! que je suis triste et morose chez moi.
Oh ! oui, je donnerais un temps long de durée
Pour avoir rien qu'une heure à passer près de toi
Et pouvoir t'admirer encore une soirée.

Ceux-là, sans se douter, combien ils sont heureux ;
Qui peuvent se glisser et te causer sans crainte ;
Je leur jette, en passant, un regard douloureux ;
Je jalouse leur sort, mais je retiens ma plainte.

Tu me manques, je sens l'absence tous les jours ;
A toi je le révèle et d'une façon franche :
T'avoir vue un instant me fait t'aimer toujours ;
Je voudrais à nouveau presser ta main si blanche.

Je tremble et crains sans cesse une déception ;
Songe mystérieux, nuit profonde étendue,
Laisse-moi sans réveil ; pour consolation
Je garde un souvenir, car je n'ai plus la vue.

Sans cependant lui faire prendre
Un sens nouveau, sait courtiser
Celui qui, pour faire comprendre,
  Donne un baiser.

Quand au départ, la chose étrange,
L'on cherche à vous indemniser,
Qu'y a-t-il d'autre que l'échange
  De son baiser?

O toi! dans l'avenir sublime,
Donnant l'amour sans déguiser,
Ton charme a l'ardeur qui anime
  Sous un baiser.

Jamais rien n'a mieux su confondre
Deux âmes pour électriser
La flamme qui leur fait répondre
  Par un baiser.

Exprimant ainsi l'éloquence,
Il vient toujours favoriser
Les amants qui, pour confidence,
  Ont un baiser.

UN DRAME

Ils couraient, en tous sens, dans la verte campagne ;
Pol était son amant et Jeanne sa compagne.
La journée à travers le pays se passait ;
Nonchalante, à son bras suspendue elle allait
Dans les champs, dans les bois, comme une tête folle
Affichant sa gaieté, partout vive et frivole.
Elle ne voyait rien d'autre que rose et fleurs.
Tantôt de ses deux bras d'adorable blancheur,
Enlaçait son amant d'une étreinte amoureuse ;
Ce n'était que baiser et parole joyeuse.
En secouant sa lèvre aux fleurs de son bouquet,
Elle rêvait d'amour ou faisait un souhait.
Ah ! tandis qu'ils voyaient, image vaporeuse,
Tout sourire à leurs yeux, d'une façon trompeuse,
Combien elle était belle ! avec ses cheveux blonds
Qui sur son cou flottaient, épais, soyeux et longs.
Sa tête, noble et pure, au charme qui captive,
Rendait fort attrayante une bouche expressive,
Lorsque ses grands yeux bleus, d'une douce langueur,
La passion profane allumaient dans le cœur.

Suivant tous les chemins, de démarche légère,
Telle apparaissait Jeanne, en ces lieux passagère.
La nature étalant sa végétation,
Au soleil dérobait son luxe et ses rayons.
Ils marchaient tous les deux, quand devant se présente
Une rivière à l'eau rapide et transparente ;
De grands arbres le long de ses bords argileux
Ombrageaient, près du saule au vieux tronc tortueux.
Hélant un batelier qu'au loin ils remarquèrent,
Ils le firent venir ; en riant s'embarquèrent.

Jeanne au milieu de l'eau ses jolis bras plongeait ;
Son sein de jeune fille, en ce jour, palpitait.
Pour sonder l'avenir, devant qui chacun tremble,
Ils étaient trop joyeux de se trouver ensemble,
De vivre et de pouvoir partout prendre leur vol.
Penchant sa tête sur la poitrine de Pol,
Elle lui redisait leurs aveux de tendresse,
Tous ses projets charmants de bonheur et d'ivresse.
Leurs cœurs s'abandonnaient, rêvant à tous hasards ;
Ils se grisaient d'amour en croisant leurs regards.
Jeanne dans le canot se berçait nonchalante,
Pol chantait avec goût d'une voix bien vibrante ;
Tête nue, le cou libre et les cheveux au vent,
De ses bras vigoureux il poussait lentement
Les avirons légers, qui, levés en cadence,
Faisaient glisser sur l'eau la barque qui s'avance.

Du soleil empourpré à sa déclinaison,
Le disque s'enfonçait derrière l'horizon.

Le temps, devenant lourd comme au moment d'orage,
Semblait vouloir ternir la fin de leur voyage.
L'on entendait le bruit des rames fendant l'eau,
Qui s'ouvrait sous l'effort, faisant place au bateau.
Sur la rive, le vent, qui le feuillage frôle,
Gémissait, en passant dans les branches du saule ;
Vers le ciel voilé, plein de force il soufflait,
Poussant l'épais nuage, et la pluie en tombait.
La barque, à tout moment, près d'être culbutée,
Bondissait sur les flots de cette onde agitée.
Tous deux ne chantaient plus pour regagner les bords ;
Pol s'efforçant, en vain, s'épuisait en efforts.
La poitrine oppressée et tremblant d'épouvante,
Il cherchait à braver la terrible tourmente ;
Mais le bateau fuyait, au courant emporté,
Tournoyant sur lui-même avec rapidité.
Courbé sur l'aviron et ne sachant que faire,
Comment pouvoir, dès lors, au danger se soustraire ?
Pol regardait partout ; il luttait, dévoué.
Leur canot, frêle esquif, ballotté, secoué,
A la dérive allait droit sur le précipice.
Voir Jeanne épouvantée augmentait son supplice.
Tout à coup, se butant sur la pointe d'un roc,
La barque chavira par suite de ce choc.
Le gouffre s'entr'ouvrit, puis plus rien : — le silence !
Un canot renversé, vide, qui se balance.

Lorsque l'eau s'agita, que Jeanne on reconnut,
Luttant contre la mort alors elle apparut ;
Pour saisir un appui, ses deux bras, qui débouchent,
Font de nombreux efforts, mais ses mains rien ne touchent.

Tout est vain. Soudain, Pol, voulant aspirer l'air,
Surgit à la surface, aussi prompt que l'éclair.
Sa tête soulevant pour respirer encore,
Il plonge pour sauver la femme qu'il adore.
Ce terrible moment ne dura qu'un instant.
Sur la rive personne. Pol revint, halelant :
Il était seul, son œil interrogeait l'abîme ;
Voulant ravir aux flots la seconde victime,
Il plongea de nouveau, pour enfin revenir :
Cette fois il semblait sa Jeanne soutenir ;
Avec peine il parvint à regagner la rive,
Et déposa ce corps n'ayant plus l'air de vivre.

Éperdu, fatigué, sur elle il se penchait ;
Il la prit doucement, car son corps frissonnait ;
Les vêtements mouillés, dessus l'herbe étendue,
Ses cheveux détachés sur sa poitrine nue,
Elle était dans ses bras qui servaient de soutien,
Mais restait insensible et ne voyait plus rien.
D'une froide sueur son front était humide ;
Lui, la tête égarée, à l'œil fixe et stupide,
L'étreignait contre lui, l'âme émue, accablé
D'un profond désespoir, par la douleur brisé ;
Alors qu'il se taisait, tout glacé d'épouvante,
Elle entr'ouvrit les lèvres, et, d'une voix mourante,
Lui dit encore : Adieu ! Puis, son cœur se brisa ;
D'une pâleur de marbre, à terre elle tomba ;
Sa force la trahit : elle, hier si joyeuse,
Lui fermait, pour toujours, cette bouche rieuse.

D'une terrible angoisse étreint, tout éploré,
Sous l'horrible chagrin restant désespéré,
Il lui donna ses soins ; suffoqué par les larmes,
Il voulut l'enlacer ; tout tremblant, plein d'alarmes,
La couvrant de baisers ; il la prit dans ses bras :
Mais son ange adoré ne se réveilla pas !

ABD-EL-KADER DEVANT TLEMCEN

Bâtie en un pays riche au terrain d'argile,
Tlemcen couvre le flanc d'un côteau très fertile ;
Elle s'étend vers l'Est ; à la voir on dirait
La jeune épouse assise à qui tout sourirait,
Sur un lit nuptial mollement étendue.
Ainsi devant mes yeux la ville est apparue.
Puis, comme une couronne aux fleurons glorieux
Qui brillent sur son front, noble et mystérieux,
Au-dessus des maisons, d'une blancheur de marbre,
S'élèvent les rameaux des vertes branches d'arbre.
Partant de la montagne au milieu du versant,
La vaste plaine entr'ouvre, en se développant,
Ses entrailles que fend le soc de la charrue,
Lorsque l'eau bienfaisante a coulé de la nue.

En me voyant, Tlemcen m'eut bientôt deviné,
Car son bras pour baiser vite elle m'a donné.
De même que l'enfant chérit un cœur de mère,
Moi je l'aime de même, à tout je la préfère.

J'enlevais le voile en lequel elle drapait
Le visage adoré qu'elle s'enveloppait :
Admirant son profil plein de délicatesse,
Tout mon cœur palpitait de délire et d'ivresse.

Sa joue a teinté rouge, et l'amour évident
S'y montrait plein de feu, comme un charbon ardent.
Tlemcen pour chaque maître eut de l'indifférence,
Près d'elle ils ne trouvaient que de l'insouciance ;
Elle baissait les yeux, détournant ses longs cils.
Moi seul j'ai connu ses sourires puérils,
Moi seul l'ai possédé, je la rendrais heureuse ;
Devant moi, gai sultan, elle restait joyeuse.
Donne-moi, disait-elle, un enivrant baiser ;
Daigne vers ton amante un instant te baisser ;
Approche donc ta lèvre à côté de la mienne,
Viens, doucement, fermer ma bouche avec la tienne.

LES KSOURS D'ARBAOUAT

LÉGENDE ARABE

Entourés de grands murs comme enceinte d'un fort,
Puis, flanqués du côté dirigé vers le Nord
De tourelles formant pyramides carrées ;
On distingue des ksours les murailles marbrées.
Tout percé de créneaux dont le contour est rond,
Aux berges de la rive arrête et se confond,
L'ensemble à la couleur incertaine et terreuse.
Ils ressemblent, de loin, d'une façon trompeuse,
A qui se tient chez nous, près de quelque hameau,
Reste du moyen âge, un sombre et vieux château.
L'homme est tout étonné que dessus les tourelles
Il ne distingue pas, placé par sentinelles,
Le profil des archers, ou que le bruit du cor
Et le son du beffroi ne prennent leur essor,
Annonçant le retour de toute chevauchée.
Bientôt, sans doute ici, tout près de la tranchée,
Les chaînes grinceront, levant le pont-levis,
Ou bien un héraut d'armes, approchant des glacis,
Viendra nous reconnaître ? — Hélas ! tout à mesure
Que nous nous approchons, l'effet se transfigure.

Le fantasmagorie alors s'évanouit,
Au lieu d'un monument qui frappe ou éblouit,
Le château féodal perd toutes ses esquisses ;
Ce n'est qu'un gros amas de sordides bâtisses ;
Mais qui, grâce à ses tours, conserve cependant
Un air très pittoresque et d'un cachet charmant.
Sur la vaste terrasse, au lieu de châtelaines
Se promenant, on voit quelques femmes vilaines,
Jaunes, faibles, qui n'ont que d'affreux guenillons
Pour se vêtir. Ces gens, couverts de leurs haillons,
Sont les seuls habitants, et voilà d'ordinaire
Ce que produit la vie arabe et sédentaire.

ÉCHOS DU CŒUR

L'absence ni le temps ne sont rien quand on aime.

Alfred de Musset.

La poésie moderne se compose d'images et de sentiments.

Sous le premier rapport, elle appartient à l'imitation
de la nature; sous le second, à l'éloquence des passions.

En exprimant ce qu'on éprouve on peut avoir un style
poétique, recourir à des images pour fortifier les impres-
sions; mais, la poésie proprement dite, c'est l'art de
peindre par la parole tout ce qui frappe nos regards.

Madame De Stael.

MA PRÉFACE

Place au nouveau venu ! Place, c'est un enfant ;
Pour dévoiler son cœur, il vient d'un pas timide,
Et son premier amour n'a rien de triomphant.
Il conserve chez lui, dans sa pudeur candide,
La force qui le pousse ; il se sent attiré.
La lumière naissante et l'idéal suprême
Lui sont donc apparus ? Il se dit inspiré.
A peine a-t-il franchi l'espace du seuil même
Qu'il monte agilement, pénètre et veut l'accès ;
Il voudrait se ranger parmi ceux qui soupirent,
Croyant dans leur chemin rencontrer le succès.

Qu'il aille en sûreté si les rêves l'attirent ;
N'importe qu'il avance, il a pris son élan ;
C'est par là qu'est son but, s'il cherche à suivre un maître.
Il ne voit pas courir sur le ciel menaçant
Chaque nuage roux, il ne voit point paraître
Ce qui couvre et ternit. Eh que vous a-t-il fait
S'il croit se reconnaître en la forêt profonde ?
Habile à découvrir ce qui vous semble abstrait,
Il voudrait essayer si sa muse est féconde.

Seul, aux dangers livré, sans craindre l'intérêt,
Il veut l'émotion, recherche la misère
Qui mine corps et âme et porte son secret
Au cœur, même du mal. Il vise une chimère,
Il se risque sur l'onde. O pauvre délaissé !
Si vous pensez pouvoir l'arracher à la lutte,
Songez que l'hirondelle, en son groupe pressé,
Ayant fui de nos champs, vers l'automne, à la chute
De la belle saison, nous reviendrait plus tôt.

Il veut pouvoir chanter ; c'est un pauvre poète :
Il affronte, il se risque, il se confie au flot,
Que le grand vent s'apaise éloignant la tempête.
Que Minerve le guide au temple vénéré,
Il embrasse avec fièvre un art réel et noble ;
Profane, laissez-le marcher suivant son gré.
Voulez-vous le soumettre ? Oh ! ce serait ignoble,
Puisqu'il veut s'affranchir ; vous iriez sans fracas
Prendre l'illusion, puis d'un mot ironique,
Bientôt, l'étendre inerte, et, vous rendant Judas,
Obscurcir son soleil pour le voir, sans réplique,
Dépouillé de tous biens ! Taisez-vous par devoir ;
Endurez ce qu'il dit ; croyez sa confidence ;
Faites s'épanouir, se dégager l'espoir.
Il n'a pas de retard et garde sa prudence.
Douce inspiration qui soutenez les cœurs,
Alliez-vous à lui, qu'il résiste et se plaise
A recevoir vos dons, à goûter vos faveurs.

Libre de toute entrave, au pied de la falaise,
Croyez-vous l'arrêter, s'il vogue en curieux ?

Sans jamais se blesser, évitant chaque roche,
Il parviendra ravi, suivant ses propres vœux,
Rayonnant, plein d'espoir, voyant la rive proche.
Il cherche une retraite et montre sa vigueur ;
Pourquoi vouloir souiller ainsi ce qui s'élève ?
Quand une voix lui dit : Croissez comme la fleur,
Apprêtez votre force en puisant de la sève,
Point de courant glacé ne viendra vous flétrir,
C'est vous qui resterez ; ne craignez pas la peine,
Conjurez le danger qui vous pourrait meurtrir ;
Pourquoi trembler, pourquoi ? mon souffle vous entraîne.

L'alouette s'envole ayant pris son essor,
Elle monte en les airs, s'agite et tourbillonne.
Entendez-vous des chants ? Avec ses rayons d'or
Le soleil, qui reluit, la pousse, l'aiguillonne.
Elle poursuit son vol ; ah ! quel joyeux refrain ;
Sans regarder sous elle et sans voir sur la terre,
Le jour même, le soir, qu'il soit tard ou matin,
En roucoulant, sans cesse, elle monte légère.
Éloignez-vous comme elle, allez tenter l'assaut ;
La sérénité fuit celui qui désespère.
Tantôt planez, tantôt élevez-vous plus haut.
Montez, montez toujours, gagnez dans l'atmosphère.
Écoutez les conseils et travaillez sans bruit.
Suivez, modestement, votre muse docile ;
Vous ne chanterez pas, plus tard il fera nuit ;
Ainsi que l'alouette, entonnez une idylle.

A VINGT ANS

Par un effort puissant, lier une âme ardente
Dans une intimité qui recèle souvent
Une affection pure, est ce qu'on représente
  Dans l'amour de vingt ans.

L'entretien amoureux et le gai tête-à-tête
D'une heure que, parfois, prolongent les amants,
S'ils sont seuls, c'est faveur que le destin ne prête
  Qu'aux âmes de vingt ans.

J'ai vu couler tes pleurs, quand, lentement, ta lèvre
Me donnait un baiser qu'envieraient des sultans,
Qui te faisait souffrir ; redoutais-tu la fièvre
  Que l'on n'a qu'à vingt ans ?

Ange ! pardonne-moi, je te ferai joyeuse ;
Je sais que les amours sont de cruels tyrans ;
Repousse les soucis, car tu dois être heureuse
  De n'avoir que vingt ans.

Je vivrai pour chasser tout ce qui te chagrine ;
Je serai ton soutien, ton bonheur en dépend ;
Souviens-toi que, plus tard, à regret, se termine
    Ce qu'on n'a qu'à vingt ans.

Laisse parler ton cœur comme un divin oracle ;
Ton âge offre à l'amour de sublimes élans
Pleins de séductions. Il n'y a pas d'obstacle
    Pour qui n'a que vingt ans.

Un été de bonheur dans les yeux se reflète ;
Gaîté, jeunesse, alors vous sont des courtisans.
Belle, soyons heureuse, car, je te le répète,
    Nous n'avons que vingt ans.

L'INSPIRATION

Quand, par la poésie, on se croit amené
Dans le secret du cœur ; lorsque l'âme est sensible,
Notre inspiration, d'un seul jet spontané,
Jaillit ainsi qu'un fleuve au flot irrésistible.

L'ensemble se produit et répond à l'appel
Comme l'eau de fontaine au courant qui sommeille ;
Le mot vient, sans effort, simple et tout naturel,
Sort limpide en allant caresser notre oreille.

A celui qui détient les sentiments requis,
Ce feu divin procure un langage précis ;
Il apporte le rêve et adoucit le style.

Pour rendre une pensée au contour indécis,
Cet art donne une image, et, d'un éclair qui brille,
Le souvenir fait voir ce qu'il cachait jadis.

# PARIS

Paris, étincelant comme une amante, attire ;
Son appel au plaisir nous entraîne; sourit,
En promettant l'ivresse et le joyeux délire,
Vibre sinistre comme un glas qui nous flétrit.

Ceux qui abordent, seuls, la passion bruyante,
Ce gouffre aux sentiments plein de baisers amers,
Éprouvent un sourire à l'empreinte effrayante,
Car son feu dévorant, trop vivace, est pervers.

Lorsque l'écho résonne, a ses plaisirs fidèles
Certains courent alors s'épuiser en excès ;
La flamme après laquelle ils vont brûler leurs ailes
Apparaît ; mais, toujours, ils approchent trop près.

Écartez ces tableaux, vous cherchez l'évidence ;
Regardez s'affaisser les malheureux vaincus :
Énervés de l'abus d'un bonheur par outrance,
Ils tombent épuisés ; soyez donc convaincus.

Si vous ne croyez pas être assez fort athlète
Pour résister au choc d'un mal pernicieux,
Évitez les dangers d'une vie inquiète
Qui donne les regrets d'un réveil douloureux.

Même ainsi que l'oiseau rasant d'un vol rapide,
Si vous ne savez pas demeurer à l'entour,
Bientôt le tourbillon dévorant et perfide
Vous aurait entraîné, puis perdu sans retour.

LE BOUQUET

Que viens-tu m'annoncer? dis-le, joli bouquet.
C'est ta feuille ou ta fleur que ce matin encore
Le soleil essuyait de son éclat qui dore.
Que veux-tu me dépeindre et quel est ton projet?

On te tresse en couronne, on te plie, on te tord;
Pauvre fleur, on te range et place en symétrie;
Tu te fanes, je sais, et tu deviens flétrie,
Toi que souvent l'on porte à la tombe d'un mort.

Mais, pour moi, tu n'es pas quelque cadeau muet.
Celle qui d'un sourire empli de sa tristesse,
Qui, d'un regard rêveur, t'indique mon adresse,
T'aura probablement confié son secret.

Je consulte l'ensemble et lis sous chaque fleur:
Tes paroles, pour moi déjà presque rendues,
Causent d'affections qui ne sont point perdues;
Dis-moi comme elle était belle dans sa candeur.

Peut-être, en t'envoyant, elle aura craint l'écueil
Et t'aura tout caché, restant indifférente
Quand elle t'arrachait avec sa main tremblante.
Non ! non ! elle aura dû soupçonner mon accueil.

Je connais sa réponse. Ah ! je voudrais pouvoir
Les embrasser ces fleurs, ces corolles écloses,
Où peut-être un baiser glissé de lèvres roses
Soupire après le mien. Toi, tu le dois savoir ?

Je sens un charme étrange et mon cœur s'apaiser ;
C'est bien là..... j'ai trouvé fleur qui me dis espère,
Sa bouche t'a froissée ; oui, sous un pur baiser
Tu m'apportes le calme ; oh ! merci, messagère.

PAR UNE NUIT D'ORAGE

Nous épanchons notre âme en un boudoir coquet
Où nous sommes cachés. Tandis que je la berce
En mes bras, au travers les rideaux le reflet
Du soir laisse passer un demi-jour qui perce.

Sans soupçonner, dehors, l'orage, ou m'alarmer
S'il gronde ; oubliant tout, doucement, je la presse,
Puisque je l'aime autant qu'un être peut aimer,
Je demeure impassible et garde ma tendresse.

Sous la rafale on voit se courber les vieux pins,
Jetant à la nature un défi. La tempête
N'engendre rien en moi ; je brave les destins,
Je cherche à me tromper et tout me semble fête.

Je crois sa prévenance, et notre intimité,
Elle est tendre, sensible, et son bonheur éclate
Dans un langage intime empli de volupté.
Sa seule affection me console et me flatte.

Sa flamme m'envahit d'un mirage trompeur ;
Aux lueurs des éclairs, je puis, avec ma belle,
Confondre mes baisers, et, grisé de bonheur,
En cette nuit d'amour, je m'enivre auprès d'elle.

DERNIÈRE LETTRE

Tu n'es plus là ! je sens le vide
Ce que je t'écris, follement,
Sera la fin, puisque perfide,
Sans le moindre adoucissement,
Tu vas me délaisser quand même.
Il faudra donc tout arracher ;
Celle qui me disait : je t'aime,
Veut de mon cœur se détacher.

Écoute-moi ; comprends ma plainte :
Je ne pensais jamais qu'un jour
Je te verrais porter atteinte
A nos plus doux propos d'amour.
Tu veux éteindre ici ma flamme ;
Eh bien, brise mon serment pieux ;
Mais, par pitié, je le réclame,
Si tu m'aimais, viens dire adieux !

PREMIER AMOUR

Qu'il revienne ce temps dont la page effacée
Manque dans un volume où sa place est tracée.
De la lisière au fond des bois, nous allions, fous,
Éveiller, de nos chants, les merles, les hibous.
Près des ruisseaux furtifs que traversent les pâtres,
Elle osait se baigner, soit dans les eaux bleuâtres,
Soit dans la source froide à bord vert effrangé
D'une couleur intense. O chemin ombragé,
Enfoui sous un réseau de mousse et de fougères,
Tu connaissais son pas. Bouquets de primevères,
Pavôt frêle et flexible, en les champs constellés
De ton vif coloris, vous parsemiez les blés.
Dites. N'était-ce pas de ses mains si lutines
Qu'elle prenait la rose à ceinture d'épines
Sans se blesser ? La belle aimait les lilas blancs,
Leur odeur pénétrante, et riait des élans
De la guêpe folâtre, allant, de branche en branche,
Chercher la fleur nacrée. Et le soir, lorsque tranche
Le reflet de la nuit apportant son conseil
Nous avions le moment où le feu du soleil,
Derrière l'horizon se découpe, et module
Son éclat irisé. Puis, quand le crépuscule,

Dans l'ombre, détaillant les bois, venait ternir
L'intensité du ciel. O joyeux souvenir !
Sous la lueur d'un jour qui s'éteint et vacille,
Sans soucis, sans regrets, nous regagnions la ville.

Tu fuis, temps de jeunesse, et veux te dissiper ;
Ta limite est vingt ans, je te sens m'échapper !
Jours où la jeune fille, innocente et naïve,
Veut dévoiler son rêve à quelque âme pensive !
Printemps au frais sourire, âge où, sans déguiser,
Le cœur fait des serments qu'il doit plus tard briser !
Reflet pur, éthéré ! Songe qui nous invite,
A l'extase confuse, au bonheur qu'on médite !
Époque où, quand un souffle arrive se glisser
Sous la feuille qui tremble en se sentant froisser,
Chaque branche palpite, et le rameau se berce !
Heures que, sans retour, la mort brise et disperse !
Temps de l'amour sincère où, parfois, l'homme, épris,
S'enivre, insouciant ! Tandis qu'en le ciel gris
Le sillon anguleux de l'éclair vient se tordre ;
Lorsque la foudre éclate, augmentant le désordre,
Sur les flots, si les vents sifflent à l'unisson,
Toujours l'homme impassible écoute sans frisson,
Car il est jeune et fort, car il vit, puisqu'il aime !

SUR UN TABLEAU DE CABANEL

Le temps l'avait marqué dans son arrêt fatal :
Tous deux devaient sentir le froid d'un fer brutal.
Elle était caressante et pleine de tendresse,
Quand, brusquement, la mort vint surgir en traitresse.
Sur son visage grec, à la noble beauté,
Par un cruel trépas, le sourire, arrêté,
Indique la douleur, la surprise et l'angoisse.
La bouche s'est plissée et la lèvre se froisse.
Pleins de larmes, ses yeux sont à demi fermés ;
Elle paraît dormir, ils sont presque animés,
Car, sur le lit de mort, on ne sait qui la cloue.
La peau n'est pas blêmie : au milieu de sa joue,
La nuance rosée apparaît largement.

Chez son amant, le choc fut donné brusquement ;
Le poignard, en son cœur, ouvrant large blessure,
Fit refluer le sang et pâlir la figure.
Tous deux, différemment enlevés pour toujours,
Ont ainsi vu briser l'amertume des jours.

Il se tient à ses pieds, le corps tourné vers elle ;
La bouche, ouverte, dit que le son fut rebelle.

Dans le fond brille, vif, le regard inhumain
Du bourreau, qui contemple, ayant le fer en main.
Il voit leur passion par son poignard atteinte,
Et croit qu'il a lui seul leur existence éteinte ;
Mais n'est, pour le destin, qu'un instrument final
Que le temps a marqué dans son arrêt fatal.

MINUIT

Cette heure du secret que les amants réclament,
Heure que, par les airs, les carillons proclament
     Au milieu de la nuit;
Quand, soudain, des clochers, le hibou, qui s'échappe,
Jette ses cris d'effroi, l'horloge sonne et frappe
     Douze coups de minuit.

Après, le jour, mourant sous les voiles funèbres
Du soir, a son déclin. Tandis que les ténèbres
     Enveloppent sans bruit,
Vient l'heure de la mort qui marche, sans attendre,
Choisissant les mortels, afin de les surprendre :
     Cette heure, c'est minuit.

ADIEUX

Je veux contre tout me munir ;
Ton amour donne trop d'angoisse ;
Je t'abandonne ; à l'avenir,
Que mon oubli pour toi s'accroisse.

Je quitte et laisse ton boudoir,
Je brûle ta correspondance ;
Je te veux enlever l'espoir :
Belle, savoure ta vengeance.

Oh ! fille à l'air calme et touchant,
Tu n'attendais pas ce langage ;
Regarde un amant se fâchant,
Car, pour toujours, je me dégage.

Tes yeux me lancent des éclairs,
Mais tu ne peux plus me reprendre ;
Mon amour s'échappe en les airs,
Puisque tu le réduis en cendre.

Je veux le calme et le bonheur
D'un feu discret, plein de tendresse.
Adieu, tu me rends amateur
De l'amitié sans folle ivresse.

POÉSIE ET PEINTURE

Deux arts, dont l'un peint, l'autre chante,
Parlent de même aux yeux, au cœur ;
Chacun, avec grâce, présente
Ce qui possède la grandeur,
Ce qui tranche par la nature.
Dans leurs plus infimes détails,
Et de la façon la plus pure,
Ils gravent tous les attirails
De la beauté ; car tous deux servent
A nous tracer et nous ouvrir
Nouvelle voie. Ils nous réservent
Le même amour qui doit nourrir
Le sentiment que l'on recherche.
Ils donnent autant de clarté,
S'il arrive que l'homme cherche
A distinguer la vérité.

La lecture et la vue éveillent
De semblables pressentiments ;
Pour traduire, elles se conseillent
Et puisent tous leurs arguments,

En s'inspirant dans les idées
Que leur donne le cœur humain ;
Côte-à-côte, elles vont guidées,
Décrivent tout ce qui subsiste,
Et, dans un avenir lointain,
Ce qui vivait, dès lors, existe.
Pour encadrer une action
Ayant une façon commune,
Poésie ou tableau, l'union
De ces deux œuvres ne fait qu'une
Pour exprimer un idéal.
Les muses, qui n'ont qu'un langage,
Ont deux glaces dont le cristal
Sait refléter la même image.

LES MARGUERITES

Espérer obtenir tandis qu'on sollicite,
Chercher à provoquer l'aveu d'affection,
Faire répondre un mot que soupire et médite
Souvent la jeune fille, il faut l'occasion
     Pour effeuiller la marguerite.

J'ai moi-même éprouvé ce que cela suscite :
Redoutant un échec, je craignais bien un peu ;
Mais je n'eus jamais pu, de façon explicite,
L'amener à vouloir me livrer son aveu
     Sans effeuiller la marguerite.

O cette émotion qui sa main précipite,
Je me la représente, et je vois ses doigts blancs
Arracher chaque feuille alors que je récite :
Je t'aime, un peu, beaucoup. Tous ces mots, dans leurs
     Font effeuiller la marguerite.   [rangs,

Je la suis avec fièvre, approchant la limite,
Chaque pétale tombe, augmentant mon émoi ;
Un signe, un simple mot ; eh quoi, mais l'on hésite ?
Il en reste si peu ; je compte avec effroi
    Les feuilles de la marguerite.

Ah ! je la vois rougir, moi, je crois, je l'imite :
C'est beaucoup, me dit-elle, avec accents d'amours ;
Ami, je te le jure, et que ton cœur palpite,
C'est vrai, si tu promets d'être avec moi, toujours,
    Pour effeuiller la marguerite.

PLAINTES

L'air se glace et l'abime aux flancs abrupts s'entr'ouvre,
Les feuilles, les bourgeons, s'échappent des rameaux.
Je vois partout chaos, partout je ne découvre
Qu'un terrible passé se dressant sombre et faux.

Le troupeau qui paissait l'herbe verte et touffue
A fui de ces coteaux, et les doux bêlements
De chamois bondissant, de chèvre disparue,
N'éveillent plus les monts ni leurs escarpements.

Le navire, battu par les flots, se ballotte
Sur l'onde mugissant, se redresse et bondit ;
Secoué, malgré tous les efforts du pilote,
Il dérive, et, pour lui, la tourmente grandit.

La vague gonfle et veut dépasser son enceinte ;
Neptune est en fureur ; la mer n'a plus de frein :
Vienne bientôt le temps me marquer son empreinte
Et donner à mes jours un terme peu lointain.

Comme un temple désert, comme l'arbre sans feuille,
Comme un champ sans moisson, je m'en vais, triste,
Je promène mon corps, ma douleur se recueille,   [errant.
Pitié pour mes remords, mon supplice est trop grand.

Quand nous allions tous deux pour courir dans les herbes
Où nous cherchions des fleurs, alors c'était printemps;
Parmi ses cheveux blonds, que je trouvais superbes,
Je plaçais mon bouquet, puis je partais content.

Rien, pour me ranimer le destin, me renie :
Adieu ! joyeuse époque à l'intime entretien,
Heures que nous faisions d'une tendre harmonie,
Dans les champs, dans les bois, quand j'étais ton soutien.

Tandis que, doucement, ma main pressait la sienne,
Je m'exhaltais, près d'elle, adoptant tous ses vœux.
Mon désir imprimait l'affection ancienne
Qui siégeait dans mon âme en glissant mes aveux.

Sujet de mes regrets, image fugitive,
Ombre que dans le rêve autrefois je suivis,
Tu ne peux plus fermer ma blessure trop vive ;
Je reste abandonné, sans elle : eh quoi... je vis !

Vois mon deuil : ô mort, frappe ! exauce ma demande.
Je suis pâle, et ma plainte, essayant d'apaiser,
Est bien faible à côté de ma douleur si grande :
Dans le sombre avenir veux-tu l'éterniser ?

Les nuages sont noirs ; fais que l'éclair jaillisse
Et qu'un sillon de feu dans l'infini marbré,
Brille pour me montrer, avant que je vieillisse,
Le tombeau que j'aborde, enfin, désespéré.

Je veux la solitude : ici tout m'est perfide ;
Mon amour m'a trompé, je tombe et t'appartiens ;
Je suis sans volonté, viens percer mon cœur vide,
Suspends mon agonie : O mort ! j'appelle.... viens !

8.

LE CIMETIÈRE

Funeste vision, ici l'âme est craintive.
Sujet rempli d'angoisse où la terreur plaintive
Ne se peut dissiper. Ils tranchent, dans la nuit,
Ces monuments dressés dans un sombre réduit ;
Ils se tiennent groupés en colonnes noircies,
Témoins silencieux de nos péripéties.
Oh ! les sinistres lieux où dorment pour toujours
Le chagrin, la misère, auprès de tant d'amours
Maintenant effondrés ! O tombes délabrées
De bonheurs inconnus dans leurs courtes durées !
Grands mausolées, blafards, qui recèlent, en eux,
Les cendres des héros de drames douloureux
Sillonnant l'existence ; avec votre attitude,
Vous savez, décemment, couvrir l'ingratitude.

Oui, c'est par un soupir, peu long,
Que la vie, inquiète, échappe.
Après avoir courbé le front
Sous chaque fléau qui le frappe,
L'homme se doit donc échouer
Comme une épave en la tempête

Dont les flots semblent se jouer.
L'homme va sans que rien l'arrête,
A tous les dangers exposé.
Ici les carrières déçues,
Ici quelqu'avenir brisé.
Quoi, tant d'existences vaincues
Que le temps fauche et puis confond !
Ainsi, terrible et passagère,
La foudre arrache le vieux tronc,
La mort nous enlève à la terre.

Que de larmes, de pleurs, maintenant desséchés,
Arrosèrent la dalle. Ils étaient si touchés,
Les pauvres orphelins qui vinrent sous cet arbre
Du sentier solitaire en pleurant sur le marbre
Bordé du groupe noir des cyprès. De ses dards,
L'étoile perce, au cœur, des nuages épars.
Voilé dans le ciel gris, l'astre des nuits se cache,
Puis l'éclat tamisé de son feu la détache.
D'une crevasse alors, ses rayons inclinés
Frappent, obliquement, les tombeaux alignés.
Modeste croix de bois d'attitude commune,
Tu couvres, délaissé, le pauvre sans fortune,
Près des vieux blocs jaunis de mousse, abandonnés
De tous ceux que l'oubli, sans doute, a détournés.
Humble tombe d'enfant, gage d'âme innocente,
Soutenue inclinée, à pierre chancelante,
Les ronces et le lierre au feuillage bronzé
Serpentent sur ton flanc de granit ardoisé.

Vieilles inscriptions aux lettres corrodées,
Qui s'effacent, enfin, par le temps, lézardées,
Le crépi se détache aussi d'après vos bords.
Croix dont la masse énorme abrite quelques corps
De générations qui furent nos aînées,
Tu penches sous le poids des jours et des années.

De l'amante entraînée, en vain, l'amant suivra
Chaque trace chérie, et c'est là que viendra
Tout ce que nous aimons. Quoi donc! pas de ressource!
Nul ne peut arrêter la Parque dans sa course,
Car la mort se dirige et ne respecte rien.
Sa loi, qui nous conduit, n'admet pas de soutien.
Le monde ténébreux, où le noir Styx s'écoule,
Est fermé pour nos yeux et celle qui déroule,
Chaque fil de nos jours, l'inflexible Atropos,
Est aussi froide aux pleurs qu'un marbre de Paros.
Sans jamais épargner, son arrêt immuable
Nous ravit, et, restant sévère, inexorable,
Nous voile la lumière. Adieu ! Non, plus de chant.
Il croit à son salut, pauvre vieillard errant,
Qui fut un jour heureux. La limite est voisine,
Il arrive au bout et ne sent pas qu'il chemine
Sur le bord de l'abime. Il brilla dans son temps ;
Mais la terre est glacée, il a fui son printemps
Et ne renaîtra plus, il s'est caché dans l'ombre.
Pourquoi donc espérer, quand l'avenir est sombre ?
Approchant du trépas qui lui semble précoce,
Sans être protégé, sur le bord de la fosse,

Sans défense, il s'arrête ; il aimait les beaux jours,
Confiant, presque heureux, lui qui croyait toujours
Fonder tous les projets que notre esprit rassemblé.
Le temps seul a suffi pour le dompter, il tremble.
Quoi ! lui qui fut si grand, redevenir petit !
Mais il voudrait lutter contre un sort qu'il maudit ;
C'est l'aide qu'il demande, au moins qu'on le console ;
Le voilà trébuchant ; tandis qu'il se désole,
Il succombe à son tour. Avant de voir la mort,
Songeait-il à périr tant il se croyait fort ?
Il jouissait des jours sans trop compter leur nombre ;
Mais le destin surgit, et, lentement, dans l'ombre,
Fait voir tout le passé, puis frappe sans pitié.

Mon esprit effaré m'abandonne à moitié
Et le ciel disparaît pour mon âme inquiète.
Mon cœur bat, violemment, plein de terreur muette ;
Un bruit sourd interrompt le silence profond :
C'est l'écho de mes pas qui vibre et me répond,
Retentissant le long des murs du cimetière.
Je m'échappe, effrayé, de ce lieu de mystère
Où, blémi par la peur, près d'un caveau béant,
Du monde j'ai compris l'insondable néant.

ISOLÉMENT

Avec elle est parti le calme et le bonheur ;
J'irai loin sans chanter, j'ai perdu ma vigueur.
Le découragement et l'amertume ont place ;
Le monde me fatigue, aujourd'hui tout me glace.
Je ne suis plus de voie, et, comme un pèlerin
Dont les pas sont trompés, je m'égare en chemin.

Plus de vie inquiète et rien d'aventureux ;
Non, plus de sentiment ! J'aurai grâce à vos yeux
Quand je vous aurai dit à quel degré je l'aime.
Pour moi c'est un point noir, c'est une tache blême
En l'avenir marquée, un feu vif et un mal
Qui consume et conduit vers son terme fatal.

Je souffre ! ô que je souffre ! Un grand nuage noir
De lugubre présage arrive, et, sans espoir,
Vient me cacher le ciel, terne, et gris dans la brume.
Je reste ballotté, même ainsi que l'écume
Par un jour de tourmente au-dessus de la mer,
Qui s'agite et mugit, pendant le sombre hiver.

Le Dieu, qui, de sa main, brise et rompt les amours,
Impose un terme au mien, l'étouffe pour toujours ;
Et, semblable à la vague expirant sur la grève,
Il lui marque un rivage où se borne le rêve.
Je sens, mon cœur déborde en ma poitrine étreint,
Mon front devient brûlant et ma raison s'éteint.

Partout surgit, partout ma plainte vient exprès ;
Quand la brise du soir balance les cyprès ;
Quand la nuit, dans les lacs, se mirent les étoiles,
Dans la sombre tempête où se gonflent les voiles,
Dans le chaos des mers, perce et domine alors,
L'écho de mes regrets évoquant mes remords.

J'ai goûté la fortune, à sa coupe je bus ;
Dormez, douce espérance, et ne m'abusez plus ;
Comme sur les flots bleus l'œil s'égarant admire,
J'ai, dans chaque sommeil, vu ses yeux, son sourire ;
J'ai vu ses cheveux blonds, reconnu son portrait,
Plus belle que jamais, plus belle elle venait.

Je ne veux plus sentir que cette liberté
Qui donne le repos quand vient l'adversité,
Je ne puis que gémir ou parler avec fièvre,
Et le rire se glace en passant sur ma lèvre.
N'arrachez pas mon cœur, je voudrais m'égarer,
Mon amour devient rêve, oh ! laissez moi rêver !

PENSÉE DU SOIR

Alors qu'un vent violent sur l'horizon rougeâtre .
Amenait une nuit d'un sombre artificiel,
Les nuages laiteux, d'une blancheur d'albâtre,
Glissaient, puis faisaient tache et tranchant sur le ciel,
Ridaient par leurs flocons sa pureté neigeuse.
Dans un clair dégradé du jour à son déclin,
La lueur décroissante arrivait orageuse,
Suspendant les travaux, elle en marquait la fin.
Alors que de la lune, en forme de faucille,
Le croissant paraissait sur la crête des monts,
Dépassant les hauteurs de son éclat qui brille,
Me venait du passé le souvenir profond,
Planant parmi les airs, en portant l'heureux songe.
Les souhaits les plus vifs demandés aux destins,
Le rêve les donnait, il est vrai, par mensonge;
Mais son silence au moins dérobait les chagrins
Quand descendait, le soir, l'ombre du crépuscule
Amenant le sommeil. Tous deux vous m'embrasiez;
Alors amour et culte, à mon âme crédule
Vous donniez votre appui; alors vous m'apaisiez,
Et nous communiquant un feu qui devint nôtre,
O sainte piété ! vous passiez cette ardeur
Qui formait notre amour. A tous deux, l'un pour l'autre,
Vous saviez en ce jour faire battre le cœur.

SEPTEMBRE 1870

POÉSIE DÉDIÉE A MA GRAND'MÈRE

Ce passé douloureux revient à ma mémoire ;
Je songe à ces combats qui troublent notre gloire,
A l'époque terrible, aux pays désolés.
Déjà près de dix ans, depuis, sont écoulés !
Que de cruels moments, et quel souvenir triste !

Sedan ! la ville au nom qui demeure et subsiste
Comme tache en l'histoire et cause nos remords,
Se trouvait près des lieux que j'habitais alors.
La confiance, en nous qui, sans rien pour l'accroître,
Animait au départ, commençait à décroître.
L'abattement suivait nos premières ardeurs,
La crainte succédait et dominait les cœurs.
Sans connaître l'issue, on la croyait fatale.
Le sol de France était envahi du Vandale,
Et ceux-là qui d'abord, avant d'avoir vaincu,
Ceux qu'un premier échec n'avait pas convaincus
De notre imprévoyance et comptaient les victoires,
Perdaient leur assurance aux succès illusoires.

C'était à la fin d'août : ces horribles vainqueurs,
Traversant, à Mouzon, la Meuse, en éclaireurs,
Poursuivaient nos soldats. Leur noire et longue file
Occupait les hauteurs qui dominaient la ville.
A l'entour de Sedan, ils s'étaient abattus
Ainsi que des chacals. Sur les chemins, battus,
Ils étreignaient l'armée. Ah ! je vois cette époque
Si féconde en héros, et, tandis qu'on le bloque,
Le paisible habitant de cette région,
Voisin de Belgique, y fuit la reddition
Que déjà l'on redoute ; il cherche à se soustraire
Aux soldats ennemis en passant la frontière.
Partout gens affolés de crainte et de terreur ;
Si les femmes tremblaient, partout l'on avait peur.

Sur le cou des chevaux, laissant flotter la bride,
Des hulans, l'avant-garde à l'escadron qui guide,
Traversaient tout village en pressant le galop
De leur monture. Alors, pour eux c'en était trop :
Les citadins, saisis d'une panique affreuse,
Laissant, oubliant tout, foule peu belliqueuse,
En un sol étranger, passaient pour être sûrs
De ne pas trouver là ces Allemands impurs ;
Pour ne point les entendre et n'avoir pas pour vues
Leurs chevaux piétinants sur le pavé des rues.

J'étais bien jeune encore et ne raisonnais pas ;
Insouciant, pour voir, portant partout mes pas,
Moi j'allais sans penser au danger qu'on soupçonne.
Mes grands parents avaient voulu rester. Personne

N'avait pu, de chez eux, les décider à fuir,
Car il était vraiment plus prudent de s'enfuir.
Donc ma mère et ma sœur, enfin seules, les femmes,
Étaient à l'étranger. Pendant ces tristes drames,
Sans me rendre bien compte, au reste, écoutant tout,
J'avais tant insisté, que, cédant à mon goût,
L'on avait, en voyant mon désir manifeste,
Bien voulu qu'auprès de mes grands parents je reste.

Les Prussiens étaient là, car on voyait leur camp.
Le long de la frontière, à trois lieues de Sedan,
Des milliers de Français n'ayant pas de nouvelle,
Sans dormir dans la nuit pour eux longue et cruelle,
Venaient chaque matin, attendaient tous les jours,
Isolés, sans courriers, mais espérant toujours.
De loin, on distinguait des lueurs et des flammes :
C'était Bazeille en feu. La peur gagnait les âmes,
Chacun pour sa maison craignait. Tous, anxieux,
Cherchaient, interrogeaient, et sondant de leurs yeux
Le lointain, pensaient voir soit se brûler leur ville,
Soit leur foyer désert embrasé qui pétille.
Quoi ; pas un succès ! rien qu'humiliations !
L'on osait désirer ! toujours déceptions !
Les yeux rougis, ardents, secs et vides de larmes,
Il fallait comprimer sa douleur, ses alarmes ;
Au cœur du territoire était notre ennemi.
Dans cette sombre époque, eh ! qui n'a pas frémi,
Quand il fallait subir son joug et son régime ?
Cruels détails qu'ici le souvenir ranime,
Demeurez oubliés. Ah ! qu'ils devaient souffrir,
En voyant leur pays sur le point de faiblir

Par le nombre écrasé, ceux qui voyaient la France
Se débattre, étouffée alors sans espérance.

De Mouzon, Donchery, jusques à Carignan,
De La Chapelle à Floing, à l'entour de Sedan,
Sur tout ce sol fécond, la terre était couverte
De cadavres. Partout la tombe était ouverte
Et la France abreuvait ses terrains nivelés
Du propre sang perdu par ses fils mutilés.
Certes, les gens restés là-bas dans la campagne
Se révoltaient, voyant poindre sur la montagne
La gueule des canons que braquaient les Germains;
Leur cœur gonflait, auprès des Allemands hautains;
Mais il leur fallait bien maîtriser la colère
Et supporter la honte attachée à la guerre.
Non! ceux qui n'ont pas vu de près l'invasion,
Ou pas connu l'orgie et l'expiation
Que les vainqueurs font suivre après chaque victoire,
Ne savent rien, car ils refuseraient d'y croire.
On n'était plus le maître, on se tenait courbé;
Grisés par le succès, et le vin absorbé,
Les Prussiens, gorgés, hurlaient tout en jurant
Leurs chansons qui couvraient la plainte du mourant.
Aux sanglots des blessés, leurs cris allaient se joindre;
A des voix qui râlaient, leurs voix venaient s'adjoindre.
Des mutilés partout, à l'église, au couvent;
Sur la paille étendus, Français ou Allemand,
Tous maculés de sang, gémissaient avec peine,
Écharpés, balafrés, sentant la mort prochaine.
Et toi, bonne grand'mère, encore je te vois,
Si charitable, ferme et vaillante à la fois,

Lorsque l'homme avait peur, dans cette époque triste,
Tu marchais, en tous lieux, surprendre à l'improviste
Pour soigner le malade, et recevant chez toi
Quand les hospices pleins n'offraient plus leur emploi,
Tu donnais place à tous. O l'admirable zèle,
Et dans ton dévouement combien tu étais belle !
Aux Francs comme aux Germains, accordant ton con-
Sans songer à ta peine, à tous portant secours,   [cours,
Avec ton cœur de mère ayant une grande âme,
Tu compris, noblement, ton beau rôle de femme.
Alors, toi tu pensais qu'il te fallait, du moins,
Soulager les douleurs et prodiguer tes soins ;
En ces jours tu voulais adoucir la souffrance,
Et, pour toi, le devoir était d'aider la France

Forçant ta modestie, un jour après la paix,
Lorsque le calme vint et que l'on sut les faits,
Tu reçus la médaille offerte aux ambulances ;
Mais, pour toi, la plus belle entre les récompenses
Ce fut d'avoir soigné quand on n'avait plus rien,
Et d'avoir aux blessés pu faire quelque bien.

ABSENCE

Éveille toi, j'ai trop souffert !
Apparais ; je suis ton esclave,
Vierge dont le front est couvert
De cheveux blonds. Viens que je grave,
En moi, l'éclair de ton regard,
Et ces grands yeux d'un bleu limpide
Dont tes longs cils sont le rempart.
Tout paraît monotone et vide ;
Mon printemps, qui s'efface et fuit,
Me laisse dans un deuil lugubre.
J'entends croasser, dans la nuit,
Les corbeaux. Présage insalubre
Qui plane sur mes traits pâlis.
Muet, pétrifié, j'écoute
Les râles étouffés. Débris
D'un bonheur qui déchire en route.
Oh ! c'est le calme du tombeau ;
Ce sont des ténèbres épaisses,
Je crois ; j'ai perdu mon flambeau,
Je tremble et n'ai que des faiblesses.

Vois comme le ciel est voilé ;
Un nuage opaque menace ;
Je frissonne et suis affolé,
Car le perfide oubli me glace.
C'est un simple aveu que j'attends,
Sur ton cœur je n'ai pas de doute ;
Mais, belle ! dis que tu m'entends ;
Tu viens... parle, à genoux, j'écoute.

POUR ELLE

Depuis que je suis seul, je m'attriste et m'égare,
Je reste sans la voir, je n'entends plus sa voix.
Accablé de chagrin, de moi le deuil s'empare :
Non ! je ne puis sourire alors comme autrefois.

Si je savais des jours rétablir l'existence,
Au lieu d'un souvenir qui me laisse glacé,
Je ferais que ce bal ne fût qu'une espérance ;
Ah ! si j'avais pouvoir d'effacer le passé.

Vous tous qui l'avez vue, au moins, parlez-moi d'elle,
Devinez ma pensée ; échos dans le lointain,
Toujours redites donc combien elle était belle,
Et que ce jour, pour moi, reste sans lendemain.

Vous mes vers faites-moi comprendre,
Renouvelez-lui mes aveux,
Ma poésie, allez répandre,
Au sein d'un cœur affectueux,
Le charme qui peut faire naître
L'affection. Pour apaiser

> L'amour dônt je ne suis pas maître,
> Portez-lui mon plus pur baiser.

O belle nuit ! j'entends vibrer le joyeux rire.
Valse qui passionne et taille qu'on étreint ;
Ces rumeurs de gaîté que je ne puis décrire,
Tout fuit comme l'éclair, tout s'échappe et s'éteint.
Cheveux blonds parfumés, parures et costumes,
Plus rien ! Pourquoi le jour est-il venu si tôt ?
Sa lueur paraissant, le matin, dans les brumes,
A donc tout effacé, suspendant le galop.
Pourquoi ? Je me souviens d'un départ qui m'oppresse,
De ce moment d'adieux, du cruel défilé
Auquel succède après le vide et la tristesse,
Car chacun se retire et l'on reste isolé.

Oh ! oui, je me l'explique et sais pourquoi j'embrasse
Ce bouquet de bluets qu'elle m'avait donné,
Puisqu'il me dit, peut-être, en son âme ai-je place,
Elle m'aime ? est-ce vrai ? son cœur m'est destiné !

En ce soir j'ai connu l'enivrement que cause
Une femme adorée, et, ne la voyant plus,
Je me souviens qu'après la danse, en chaque pose,
Près d'elle étant assis, dans son regard je lus.

> C'était le bonheur assuré ;
> Faut-il que brusquement s'arrête,
> Fuyant au loin, mais désiré,
> Ce qui me causait une fête.

Confiant mes secrets, quand j'étreignais sa main,
Dans la danse entraîné je lui pressais la taille.
J'ai croisé ses yeux bleus, j'ai vu, j'en suis certain,
Leur éclat velouté ; encore j'en tressaille.

Oh ! tu ne peux nier, je crois avoir compris :
Ce n'était pas pour moi la froide indifférence ;
Si tu savais combien de toi je suis épris,
Tu me dirais .... plus bas, fais-moi ta confidence.

J'aurais dû conserver ce que j'ai deviné ;
C'est impossible ; eh non ! excuse mon audace,
Car j'ai revu ton ombre et me suis détourné.
Admets ; je n'ai rien dit, comprends et fais-moi grâce ;
Mais que d'un mot cruel je ne sois point frappé ;
Je ne suis plus mon maître ; oh ! l'amour c'est un gouffre ;
Belle ! ne me dis pas que je me suis trompé,
Tu me pardonneras, sachant comme je souffre.

REFRAINS D'AMOUR

Je sonde le ciel pur, et, de sa profondeur,
Les rayons du soleil pénètrent dans mon cœur;
        O tendresse rêvée.
J'aime et je suis aimé, tout souci s'évapore;
D'une femme être aimé quand tout bas on l'adore,
        C'est la nuit enlevée.

Quelle fête en mon âme, à ses pieds je me vois;
Ses yeux, reflets du cœur, sont attachés sur moi;
        Comment pouvoir lui plaire?
Près d'elle je suis faible, elle éblouit, attire;
J'aime de façon folle et n'ose le dire.
        Qu'imaginer? que faire?

Tout rayonne à mes yeux; ainsi que le marin,
J'ai distingué le port offert par le destin;
        Point de rocher perfide.
J'ai brisé chaque obstacle, en passant tout se range.
Quand il quitte la source, un ruisseau sans mélange
        Ne va pas plus limpide.

On aime ; il semble alors qu'un céleste inconnu
Vous pénètre, enveloppe, et vous tient soutenu
      Par sa douce influence.
J'étais comme la plante ayant pris sans racine :
Le bonheur m'effleurait ; maintenant il domine
      Dans toute sa puissance.

Oui, je suis satisfait, je suis un homme heureux ;
Mais si souvent je pleure et deviens soucieux,
      Ce sort m'est préférable.
Je cherche la douleur faisant couler mes larmes,
Car cette émotion qui détient tant de charmes
      N'a rien de comparable.

Qui révèle la joie ? eh n'est-ce pas l'amour,
Gardant muette, extase, et donnant le retour
      D'un sujet d'espérance ?
O mystère adoré, sous lequel je succombe,
Laisse mon cœur s'ouvrir, à ma blanche colombe
      Faire ses confidences

ÉGOISME

Si rien n'est immortel,
Si tout peut disparaître,
Je veux être cruel
Et tes pleurs méconnaître.

Je ne veux point, ici,
Tes longs soupirs suspendre,
Puisque mon seul souci
Est de pouvoir t'entendre.

Je t'appelais, souvent,
En écoutant ta plainte ;
Aussi, dorénavant,
Tu peux rester sans crainte.

Je veux pour tous les deux
Une amitié fidèle,
Voilà ce que je veux,
Voilà ce que j'appelle

Je veux sérénité
Que rien ne puisse atteindre,
De cette fermeté
Il ne te faut pas plaindre.

Sans être indifférent,
Si je fuis le silence,
Crois-le, je suis prudent,.
J'ai de l'expérience.

Pour mon cœur répondant
Ange que ton cœur batte,
Une larme attendant
Fait preuve qui me flatte.

Ouvre ton âme au jour,
Car ta douleur profonde
M'indique ton amour ;
Pleure ! pleure ! ma blonde !

LE CRÉPUSCULE

A peine vers le soir, chaque rose entr'ouverte
Boit la fraîcheur dernière ; où l'allée est déserte,
Les sentiers ombragés, faisant mille détours,
Enfoncent dans les bois leurs sinueux contours.

Pas un bruit, pas un choc, un calme sans mélange.
La nature en silence a son langage étrange,
Quand la triste lueur du ciel descend, tout bas,
Se jouer, en perçant les grappes de lilas.

La nuit s'étend partout, sombre, grave, imposante ;
Le vieux sapin sauvage, auprès de l'orme en pente
Dans la grande avenue, enveloppé paraît,
Puis dans l'obscurité s'efface et disparaît.

Presque insensiblement, sur l'épaisse charmille,
Les ténèbres muets couvrent tout ce qui brille ;
Le lourd feuillage est terne, et le chemin, couvert
De sa forme confuse, en la brume se perd.

Le rayon, qui se croise à l'éclair de l'étoile,
Bientôt viendra donner la grâce qu'il dévoile
Et jeter l'allégresse en ce calme profond,
Imposant au sommeil un jour factice et blond.

Bientôt de cette nuit viendra couper les mailles
L'astre éclairant les champs de ses reflets grisailles ;
La lune apparaîtra, dans sa tiède pâleur,
Venant baigner le sol de discrète lueur.

Vision céleste, sors du gouffre ;
Mon cœur s'épanche, mon cœur souffre !
Sourire étrange, ombre sans bruit,
Mort sans réveil, chant dans la nuit,
Laissez-moi seul, passez sans cesse ;
Voyez, le rêve me caresse,
Remarquez quel calme serein
Je crains de ne pas voir demain,
J'ai peur du froid que la mort sème :
Laissez-moi vivre, car je l'aime !

LA FIANCÉE

Sa poitrine se gonfle et ses lèvres pâlissent,
On voit le moment proche aux forces qui faiblissent ;
Si son cœur a souffert ce sera le réveil :
Levez-vous, c'est le jour, oubliez le sommeil.

De candeur enfantine, émue et recueillie,
La jeune fiancée, à l'église accueillie,
Tremble et craint à genoux. A travers les vitraux
Passent du soir obscur les derniers rayons faux
Venant baigner la voûte au dôme qui précède.
L'encens voltige et monte en vapeur blanche, tiède.
Le prêtre, lentement, marche avec dignité ;
Sa figure est ouverte et l'œil plein de bonté.
Il s'avance à l'autel où tous deux s'agenouillent ;
Ses paupières, humides, sous les larmes se mouillent.
Il leur parle longtemps, quand après, frémissant,
Il les proclame heureux tout en les bénissant.

Ses quelques mots, empreints de force et de noblesse,
Font affluer au cœur une sainte allégresse.
C'est l'avenir riant qui s'ouvre devant eux :
Alors qu'ils sont unis, ils deviennent joyeux.

Leurs regards, attachés dans les yeux l'un de l'autre,
Disent : aucun bonheur n'est comparable au nôtre ;
Échangeant leurs serments, entre eux deux, tour à tour,
Ils se jurent, tout bas, un éternel amour.
Ils sont comme en extase, à leurs yeux tout se change ;
Tandis qu'elle répond par un sourire d'ange,
Il lui passe l'anneau, gage de leur dessein,
Et, de ses doigts mignons, elle presse sa main.

Répandez vos parfums, bouquets et fleurs nouvelles ;
Guirlandes, enlacez vos tresses immortelles ;
Orgues, lancez vos airs, entonnez vos plains-chants,
Et dans l'azur des cieux, par vos accords touchants,
Apportez des concerts d'enivrante allégresse.
Visages radieux, sourires de jeunesse,
La foule vous contemple et chacun tend la main.
Jamais être vivant n'a senti dans son sein
Un plaisir aussi pur. Tout vous paraît en fête.
Voyez comme ils sont beaux ; sur leurs fronts se reflète
Poésie et gaîté. Douce ivresse de l'âme :
Hier sa fiancée, être aujourd'hui sa femme.

Aux souhaits d'espérance, à ses projets songeant,
Elle lève son voile, et, se dévisageant,
Alors comme elle est bien, lorsqu'elle s'abandonne
Aux bras de son amant, sur le soutien qu'il donne.
Laissez-les, faites place à ces nouveaux unis,
Ce sont là deux époux dont les jours sont bénis.
Ils marchent pleins d'espoir ; voyez, le couple avance
Et le monde l'acclame admirant leur aisance.

Le chemin paraît sûr : partez loin des parents ;
Avant, vous languissiez inquiets, soupirants ;
Le soleil vous éclaire en indiquant la route ;
A votre âge on est fort et rien l'on ne redoute.
De votre ardent appel c'est le jour désiré,
Pour vous l'amour est tendre et son pacte est sacré ;
Au loin toutes douleurs, à vous toutes les joies ;
Pour vous l'eau sort limpide et jaillit sur vos voies ;
Vous y pourrez puiser et goûter la fraîcheur.

Vos yeux ne verseront que larmes de bonheur ;
Entrez dans ce sentier, votre union vous mène
En un monde inconnu. Suivez, l'on vous entraîne.
Votre fougueuse ardeur, vos vœux seront remplis ;
L'amour vous a bercé. Rêve, tu t'accomplis.
Subissez donc le joug, commencez l'existence ;
Échangez vos secrets en toute confiance,
Accomplissez ce que vous vous êtes promis,
Et sachez conserver ce qui vous est acquis.
Les accents de l'ivresse ont frappé vos oreilles ;
Allez sans hésiter pour goûter ses merveilles ;
Que votre cœur réponde au passé qui s'enfuit ;
L'obscurité, pour vous, vierge, s'évanouit.
Soyez la femme aimée et l'épouse chérie,
Regardez l'existence ainsi qu'une féerie ;
Jetez partout des fleurs, parfumez le foyer,
Et votre époux, charmé, vous saura bien choyer.

Fillette frémissante à sa mère échappée,
Venez, l'on vous accueille, et la place occupée,

Dans les bras de celui qui devient votre époux,
Vous formera collier plus beau que les bijoux.

Vous redoutez le bruit, tout vous semble mystère ;
Venez, c'est la fraîcheur de la douce lumière ;
Venez, en souriant, vous approcher de lui.

Elle repose en vous réclamant votre appui ;
O bienheureux mortel ! songez sans être morne ;
Regardez le lointain, il n'y a pas de borne ;
Réfléchissez toujours, guidez ses premiers pas,
Donnez-lui tous vos soins, mais ne la quittez pas.

En laissant la maison, timide jeune fille,
Sans connaître le monde, innocente et gentille,
Brillante de jeunesse, ayant d'un rien l'effroi,
Faites que vos désirs pour lui deviennent loi,
Suivez-le pas à pas ; suivez, puisqu'il vous aime ;
Grisez-vous d'espérance, allez où l'on vous mène,
Et si dans le chemin vous trouvez un ennui,
S'il ne se montrait là vous offrant son appui,
Conservez vos souhaits, fuyez d'un pas rapide ;
Pour vous le jour est beau, puis la nuit est limpide ;
Le souffle des zéphyrs vous entraîne en les airs,
Affrontez la tempête et bravez les éclairs.
Vierge, accompagnez-le ; vierge, étendez vos ailes ;
Les amours ont vos cœurs, ils vous seront fidèles ;
Volez, suivez le rêve, allez loin de nos yeux,
Vite, quittez la terre et montez vers les cieux.

9 782019 248291